나는 꿈을 이루는
요양보호사입니다,

나는 꿈을 이루는 요양보호사입니다

초 판 1쇄 2023년 11월 28일

지은이 이은설
펴낸이 류종렬

펴낸곳 미다스북스
본부장 임종익
편집장 이다경
책임진행 김가영, 박유진, 윤가희, 이예나

등록 2001년 3월 21일 제2001-000040호
주소 서울시 마포구 양화로 133 서교타워 711호
전화 02) 322-7802~3
팩스 02) 6007-1845
블로그 http://blog.naver.com/midasbooks
전자주소 midasbooks@hanmail.net
페이스북 https://www.facebook.com/midasbooks425
인스타그램 https://www.instagram/midasbooks

© 이은설, 미다스북스 2023, *Printed in Korea*.

ISBN 979-11-6910-402-9 03810

값 17,500원

미다스북스는 다음세대에게 필요한 지혜와 교양을 생각합니다.

나는 꿈을 이루는 요양보호사입니다.

이은설 지음

미다스북스

우리의 삶이
어제보다 나은 오늘이
되었으면 좋겠습니다

라이프코치 이은선

들어가는 글

6년 전 서울에 왔다. 백팩 하나 메고 어둠이 내리는 동서울터미널에 내렸다. 세상이 원망스러웠다. 암흑의 긴 터널을 빠져나올 수 있을 것 같지 않았다. 열심히 살았지만, 여기서 모든 것이 끝장이 난 것 같았다. 나 같은 바보가 있나 싶었다. "서울 올라 오세요." 큰 남동생의 전화 한 통으로 서울에 올라오긴 했지만, 앞이 막막했다. 죽고 싶은 마음뿐이었다. 어떻게 살아야 할지 앞이 보이지 않았다. 살아야 할 이유가 없었다. 그냥 막냇동생이 하자는 대로 시키는 대로 하는 것이 전부였다.

새벽 5시 영등포 시장에서 무 두 박스를 샀다. 여의도 모 아파트 지하상가에서 씻고 다듬어 손질했다. 무채를 만들어 노량진 수산시장 횟집에 납품했다. 처음에는 작업량이 얼마 되지 않았다. 시간이 갈수록 작업량은 늘었다. 평일에 한두 박스 사용하던 무가 일고여덟 박스로 늘어났다. 주말에는 20~30박스 작업하기 위해 알바

를 쓰기도 했다. 무를 많이 구입해서 재고가 쌓였다. 당산역 앞에
서 어른 팔뚝 만한 무 한 개를 천 원씩 하면서 팔기도 했다. 무채를
만들고 남은 무가 아까워 깍두기를 담갔다. 깍두기를 담다 보니 양
이 많아서 무말랭이를 만들었다. 지하에서 말린다고 널었지만 마
르지는 않고 곰팡이가 피어 전부 버렸다. 남동생이 중고 건조기를
구했다. 일을 마치고 무말랭이를 건조기 가득 썰어 놓고 퇴근했다.
이튿날 아침 마른 것을 골라 담았다. 뻥튀기해서 무차로 만들었다.
팔겠다고 시작했지만, 여기저기 나눠 주기 바빴다. 남동생은 직장
생활을 하면서 아침, 저녁 가게 일을 했다. 동생이 하는 일을 돕는
정도였다. 노량진 수산시장 현대화 사업으로 입점을 해야 했지만,
임대료가 만만치 않았다. 가을, 겨울, 봄 세 계절 장사는 그런대로
현상 유지는 한다고 해도 7, 8월 두 달은 쉬어야 하는 것도 무시할
수가 없었다. 작업하던 상가와 기계, 연장을 전부 정리했다.

　표정은 어두웠고 얼굴에 웃음을 잃은 지 오래였다. 자신감도 없
고 하루 살아내는 것이 힘겨웠다. 신길역 지하철 안전문이 만들어
지기 전이다. 철로에 뛰어 내리고 싶었다. 모든 것을 버리고 싶었
다. 나는 세상에서 아무 필요도 없는 존재라고 생각했다. 내가 할
수 있는 일은 아무것도 없었다. 반쯤 정신이 나간 상태로 살았던
것 같다. 동생이 교회를 나가라고 권했다. 교회 갈 때 가방에는 늘

손수건이 들어 있었다. 다른 사람들은 전부 행복해 보였지만, 아는 사람 하나 없는 나는 교회에서도 열등감을 느꼈다. 신앙생활도 내가 시간이나 경제적 여유가 있어야 할 수 있겠다는 생각이 들었다. 필요할 때는 하나님을 찾았고 나는 바쁘다는 핑계로 예배 참석을 하지 못했다.

방송국 상담 코너에 익명으로 상담했다. 가차 없이 이혼을 권했다. 철학관에 갔다. 이혼하면 대운이 들어온다고 했다. 용기가 없었다. 구청 보건소 정신건강증진센터에 8회기로 상담했다. 상담할 때마다 작은 휴지통 휴지 하나를 다 쓰고 나왔다. 뭔가 속에 응어리진 것이 하나씩 풀리는 느낌이었다. 그동안 나를 챙기지 못하고 살아 온 내 모습을 만났다. 나 스스로에 대해 미안하고 부끄러운 마음만 가득했다.

동대문 여성인력개발원에서 요양보호사 교육을 받았다. 소정 시간 실습과 이론을 배우고 자격시험을 쳤다. 2018년 요양보호사 자격증을 받고 1% 다른 요양보호사가 되기로 작정했다. 주간 돌봄 센터 요양보호사로 근무하면서 사회복지사 2급을 땄다. 이듬해부터 코로나로 오프라인으로 배울 수 있는 것이 없었다. 집에서 인터넷 강의로 사회복지사 1급을 공부했다. 시험에 합격했다. 내가 모시는 어르신께 요양보호사와 사회복지사 역할을 병행하여 모실 수 있었다. 매일 하루를 마치고 요양보호사 일기를 쓴다. 힘들고 어려웠던 일, 기쁘고 즐거웠던 일 전부 일기에 담았다.

정신을 차리고 보니 서울은 배울 곳이 수도 없이 많았다. 배울 수 있는 곳은 어디든지 다녔다. 서울을 배웠다. 서울시민 1일 기자가 되어 서래섬과 세빛섬을 다녀왔다. 잠수교와 반포 한강 공원을 처음 가 봤다. 시간이 날 때는 종로 거리를 다녔다. 경복궁, 덕수궁, 창경궁을 갔을 때는 학교 다닐 때 배운 국사를 복습하는 느낌이었다. 청와대, 종각, 칠궁, 북촌 한옥마을, 인사동 골목, 조계사, 평화시장, 방산시장, 동대문 가는 곳마다 배울 거리와 구경거리가 가득했다. 눈에 띄는 곳은 어디든 가보고, 구경했다. 서울을 공부했다. 광화문 교보문고를 생전 처음 갔다. 그때만 해도 큰 책상에 사람들이 앉아서 책을 보는 모습이 신기했다. 교보문고 강당에서 저자 특강도 두어 번 들었다. 나도 저 자리에서 훌륭한 강연을 하고 싶었다. 언젠가는 이루겠다는 꿈을 꾸었다. 50플러스 캠퍼스와 센터를 알게 되었다. 배우고 싶은 과목이나 글쓰기 강좌가 있을 때는 거리를 불문하고 서울 시내를 쫓아다녔다. 50플러스 서부 캠퍼스에서 배운 발 마사지는 요즘도 필요하신 어르신께 해드린다.

서울을 구경하면서 외국인 근로자들을 보았다. 저 사람들은 남의 나라에 와서도 뿌리 내리고 살아가는데 나는 내 나라에서도 살지 못한단 말인가. 바보가 아니잖아. 그래도 시골에서 나름 잘 나가 던 내가 이대로 주저앉을 수는 없다는 생각에 정신이 번쩍 들었다. 블로그를 하면서 알게된 이은대 작가 무료 특강을 두세 번 들었던 것 같다. 자꾸 공짜 강의를 듣는 것이 미안했다. 큰마음 먹고 나 자 신에게 투자하기로 생각했다. 21년 7월부터 책 쓰기 수업을 들었 다. 책을 쓰고 싶었지만, 마음뿐이었다. 21년 겨울 근무 하다가 갈 비뼈를 다쳤다. 두어 달 일을 하지 못하고 쉬어야 했다. 그때부터 초고를 썼다. 내가 쓴 글을 보면 항상 부족하고 모자랐다. 정말 못 썼다고 생각했다. 그러나 이은대 작가는 한 번도 못 썼다는 말씀을 한 적이 없다. 못 쓴 것 중에서도 그나마 잘된 것을 칭찬하며 격려 해 주었다. 초고를 쓰면서 새로운 소재거리가 생기면 처음부터 다 시 썼다. 수업 시간마다 초고가 썩어 냄새가 난다고 하였다. 퇴고 를 마무리할 때는 코로나에 걸려서 자가 격리를 하면서 손을 봤다. 자이언트 작가들의 출간 소식이 올라올 때마다 가슴이 방망이질했 다. 나도 얼른 책을 출판하고 싶었다.

이제는 나 자신을 사랑하고 잘한다고 칭찬하고 격려하며 살고 싶다. 내 주변에서 나를 칭찬하거나 손가락질해도 흔들리지 않는 뚝심으로 버티고 싶다. 살면서 한 번쯤은 하고 싶은 일 미련 없이 해 봐야 하지 않을까. 이 세상에 나온 사람 누구하나 소중하지 않은 존재는 없다. 가정폭력 피해 여성이 되지 않았다면 나는 아직도 시골에서 모자 쓰고 장화 신고 택배를 보내고 있겠지. 내가 하고 싶은 글공부를 하고 책을 읽을 수 있는 시간이 감사하고 행복하다. 그동안 공저 여섯 권과 전자책 한 권을 출간했다. 현재는 주간 돌봄 센터 요양보호사로 근무 중이다.

웃지 않는 사람, 표정이 환하지 않고는 무엇을 해도 성공할 수 없다고 이은대 작가는 늘 강조했다. 마스크를 끼고 출퇴근길에 혼자 히죽거렸다. 새벽 공부방에서는 1분 정도 웃음을 웃고 시작한다. 어렵지만 환한 표정을 가지려고 의식적으로 노력하고 있다. 라이팅코치 과정을 마쳤다. 무료특강과 정규과정을 준비하는 중이다. 책 쓰기를 통해 내가 배운 것, 아는 것을 나누며 사람들을 돕고 싶다. 나누지 않는다면 내가 가진 경험과 지식 알고 있는 것이 아무 소용이 없다. 배워서 남 주자 중학교 때 급훈이었다. 나는 주는 행위를 통해 세상 사람들과 이야기를 나누고 싶다. 글 쓰고 강의하는 삶을 꿈꾼다.

차 례

제 4 장 　요양보호사의 일기

제1장

문득
필요한 사람이
되고 싶었다

1

내 인생의 황금기

차라리 죽는 게 낫겠다. 매 순간이 절망이다. 힘들고 어려운 일
뿐이다. 살기 위해 찾아온 서울인데 다시 죽고 싶었다. 매일 죽고
싶은 마음뿐이었다. 어떻게 살아냈는지 모르겠다. 쥐구멍이 있으
면 숨어서 세상 밖으로 나오고 싶지 않았다. 어느 책에선가 읽은
가장 완벽한 복수는 내가 성공하는 것이라는 문장이 떠올랐다.

자이언트 책 쓰기를 배웠다. 나를 아끼고 사랑할 사람은 이 세상
에 나 자신밖에 없다는 말을 수도 없이 들었다. 나를 아끼고 잘했
다고 칭찬하고, 잘하고 있는 모습을 격려하라는 이은대 작가의 말
씀을 들을 때마다 눈물이 났다. 죽고 싶은 마음 한구석에서 이대로
죽을 수 없다는 오기도 생겼다. 그렇게 묵묵히 견디며 살아낸 덕에

여기까지 올 수 있었다. 수시로 법륜스님 즉문즉설, 황창연 신부님 강의, 정신 상담센터의 상담, 마음 다스리는 교육과 책을 통해 나를 조금씩 찾을 수 있었다. 책을 읽고 글을 쓰면서 이 세상에서 가장 소중한 존재는 "나"임을 깨달았다. 오늘 나의 모습은 어제 선택의 결과라고 했던가. 아직은 부족해서 부끄럽다. 내 나이쯤 되면 남들이 인정하는 인생의 황금기가 되어야 하지만, 그렇지 못한 내 모습이 아쉽기만 하다.

내 인생의 황금기가 언제였던가. 결혼 후 시골에서 학원을 20년 가까이 운영했다. 어릴 때 꿈이 선생님이었다. 학원 선생이지만 아이들과 생활하는 것이 즐겁고 행복했다. 세계 전도를 벽면에 붙여두고 우리나라는 좁으니, 너희는 외국으로 나가라고 아이들에게 말하곤 했다. 박사 자격증을 만들어 스스로 공부하도록 동기를 부여했다. 봄, 가을에는 가까운 냇가로 아이들과 소풍을 다녀왔다. 물론 어렵고 힘든 일도 있었지만, 자부심과 보람을 느꼈다. 학교의 방과 후 수업이 시작되어 학원생이 하나둘 줄어들었다. 남편의 직장 또한 구조조정으로 명예퇴직을 하게 되었다. 미리 구해 놓은 과수원에 유기농 사과 농사를 짓겠다고 겁 없이 덤벼들었다. 농촌진흥청을 비롯한 농산물품질관리원 농업관계 기관에서는 모두 말렸다. 내 몸에 농약 묻히면서 농사짓지 않겠다는 고집 하나로 밀고 나갔다. 농촌진흥청 교육과 농업기술원 교육등 여러 기관의 교육을 받았다. 교육을 받을 수 있는 곳은 무조건 쫓아다녔다. 농사를 지으면서 자연을 조금씩 배우며 알아갔다. 네이버 스토어팜 교육을 받고 쇼핑몰을 열었다. 유기농 농산물 연 매출이 조금씩 늘어났다. 선진 농가들을 보면서 홈페이지를 만들고 블로그를 배웠다. SNS를 통해 소비자와 소통했다. 방송에 출연도 하고 잡지에 소개되기도 했다. 책장에는 각종 교육 수료증과 자격증 표창장이 하나씩 쌓여 갔다. 그때가 내 인생의 황금기라 생각했다.

새벽 네 시 오십 분 알람이 울린다. 화장실로 가서 양치와 세수를 한다. 거울을 볼 새도 없이 커피포트에 물을 올리고 컴퓨터를 켠다. 다섯 시 전에 줌에 접속한다. 책을 읽으면서 하루를 시작한다. 새벽 여섯 시에 일어나는 것도 나에게는 버거운 일이었다. 하루 네 시간 잔다고 하는 사람을 만나면 초인적 능력이라고 느꼈을 정도다. 책을 읽으면서 지금까지 하고 싶은 말을 제대로 하지 못한 이유에 대해서 알게 되었다. 신기루를 만난 것 같았다. 책을 읽고 글을 쓰면서 내가 부족한 부분이 채워질 것 같은 기대감으로 새벽을 깨운다. 책과 함께 하루를 시작할 수 있어 행복하다. 혼자가 아니라 함께 하면서 의미와 동기부여를 받을 수 있었다. 매일 렉처 독서법 포스팅을 하고 일기를 쓴다. 한 쪽 일기 쓰기는 이 년 가까이 쓰고 있다. 쓰면서 나의 하루를 다시 만날 수 있었다. 일곱 시간을 자도 힘든 나에게 네 시간 잔다는 것은 불가능한 일이었다. 처음 며칠은 근무 시간에 살짝 졸기도 했다. 다행히 앉아서 하는 근무가 아니라 움직이며 하는 근무라 앉아서 졸 수 있는 시간은 없었다. 동료들로부터 피곤해 보인다는 소리를 들을 때는 가슴이 뜨끔하였다.

여섯 시 삼십 분, 집을 나선다. 근무가 윤번제로 돌아간다. 이번 달은 조기 출근 조다. 일곱 시에 센터 아침을 연다. 센터 전체 불을 켜고 근무복으로 갈아입는다. 어르신들이 누울 침대 전기장판 스위치를 올리고 건조대에 마른 수건이 있는 날은 걷어서 예쁘게 개어 둔다. 화장실에 가서 발판을 제자리에 놓고 어제 야간 조가 씻어 둔 휴지통을 제자리에 정리한다. 남, 여 두 군데 화장실을 정리하고 나면 약간의 시간이 있다. 운전 기사님과 따뜻한 차 한 잔을 하고 일곱 시 삼십 분 어르신들을 태우기 위해 출발한다. 거의 매일 같은 시간에 어르신 댁에 전화하고 차로 모신다. 한 시간 정도의 운행 시간이 소요된다. 차로 모신 어르신을 하차시켜 엘리베이터로 올라가면서 아침 인사를 드린다. "오늘 아침, 건강한 모습으로 우리 어르신들 모시게 되어 감사합니다. 오늘도 행복하고 멋진 시간되시길 빕니다."라고 하면 어르신 대부분 환한 미소로 답을 주신다.

매일 아침 경비를 해제하고 센터의 문을 열 때마다 어르신들의 하루를 여는 책임을 느낀다. 살아 있는 것으로도 감사하다. 존재 그 자체만으로도 행복하다. 그분들과 함께하는 것만으로도 기쁘다. 하루를 시작하는 첫 시간. 이 순간이 내 인생의 황금기라고 생각한다. 누군가의 시작을 돕는 시간 나의 하루를 출발하는 시간으로 매일 내 인생의 황금기를 만난다.

　내 인생의 황금기는 화려한 겉포장이 없다. 그렇다고 속이 알찬 것도 아니다. 지금이 내 인생의 황금기다. 지금에 감사하고 순간에 최선을 다하고 싶다. 책 읽고 글 쓰는 시간이 귀하고 소중하다. 내 평생 언제 이렇게 하고 싶은 공부를 할 수 있었던가. 글쓰기와 함께 귀한 인생 강의를 들을 수 있다. 매일 내가 원하는 것을 하며 살 수 있는 내 인생의 소중한 순간이다. 모든 것에 감사하고, 이 순간 최선을 다할 수 있는 지금이 내 인생의 황금기다. 주어진 나의 소중한 하루에 최선을 다한다. 지난 세월 돌아보면 이루어 놓은 것 하나 없이 나이만 먹었다. 부끄럽고 창피하지만 여기서 주저앉을 수 없다. 가진 것도 배운 것도 없다. 하지만 배울 점이 많은 멋진 스승이 계시고, 자이언트 작가들과 함께 배우고 있다. 할 수 있다는 '자신감'과 죽을 때까지 배워야 한다는 '의지'와 '열정'뿐이다. 매일 공부하면서 내가 몰랐던 새로운 세상을 알게 되는 것이 행복하다. 지금부터 시작이다. 도전하는 마음으로 작은 용기를 냈다. 요양보호사 자격증을 따고 1% 남과 다른 요양보호사가 되고자 다짐했다.

요양보호사로서 내가 느끼고 경험한 것을 글로 쓰고 싶었다. 그동안 어르신들과 살아온 이야기를 있는 그대로 솔직하게 쓰고 싶다. 기억 저편에 묻어 둔 이야기를 꺼내어 나누려고 한다. 힘들고 어려운 일도 있지만, 행복하고 보람된 일도 담았다. 가슴 속에 꽁꽁 묻어 둔 어르신과 나의 이야기를 하다 보면 내 인생의 황금기를 만날 수 있을 것 같았다.

요양보호사 자격을 받은 지 5년이 되었다. 10년 차보다는 모자라지만 1년 차보다는 낫다는 자신감을 가진다. 글을 쓴다는 거창한 목표가 아니라 그냥 쓰기 시작했다. 매일 일기를 쓴다는 가벼운 마음으로 출발했다.

작은 희망 하나를 만났다. 이 책을 들고 요양보호사 교육원에서 강의를 할 것이다. 땅속에 뿌리를 내리고 고개를 내민 새싹이 되어 온 세상을 만나고 싶다. 힘든 하루를 마치고 일기장을 펼친다. 심은 새싹에 물을 준다. 하루하루 자라면 꽃이 피고 벌과 나비도 모여들겠지. 내 인생의 황금기 작은 꿈 하나 심어 놓고 오늘도 물을 준다.

2

가슴이 두근거리고 싶어

"퍼벙! 팍!"

풍선 터지는 소리가 요란하다. 의자 위에서 먼저 터뜨린 딸기 팀의 어르신들이 손뼉을 치면서 아이들처럼 좋아한다.

"안녕하세요. 안녕하세요. 우리 선생님들 안녕하세요. 우리 어머니 아버지도 안녕하세요." 속사포처럼 터져 나오는 카랑카랑한 목소리와 고개 숙여 인사하는 모습은 어르신들의 시선 집중이다. 웃음 치료 강사님이 오셨다. 히히 선생님만 나타나면 선생님과 어르신들 모두 좋아한다. 무표정한 센터 어르신들 얼굴에 그 시간만큼은 행복하고 건강한 웃음을 만들어 주는 분이다. 억지로 웃는 웃음이 아니라 그냥 재미있어서 나도 모르게 웃을 수 있도록 만드는 재주가 있었다. 지난주 수업을 마칠 때 풍선을 열 개쯤 불어 달라고 해서 준비를 해 두었다. 무엇을 어떻게 하는지는 알려 주지 않아서 그런가 보다 하고 풍선 준비만 했다.

수업을 시작하기 전 "선생님 중에서 저를 도와주실 분 두 분이 필요합니다. 도와주실 분 지원해 주세요. 그리고 의자가 두 개 필요합니다." 손을 번쩍 들고 지원했다. 강사님을 처음 만날 때부터 호감이 갔다. 시작 인사와 준비 운동으로 수업이 시작되었다. 빙 둘러앉은 어르신들을 두 팀으로 나누었다. 한쪽은 곶감 팀, 한쪽은 딸기 팀으로 했다. 강사님은 경기 규칙과 방법을 어르신들이 알아 듣기 쉽게 차근차근 분명한 목소리로 천천히 설명했다.

"맨 앞에 계신 어르신께 제가 이렇게 풍선을 드리면 그 풍선을 옆 사람에게 전달하고 또 전달하여 마지막까지 온 풍선을 선생님이 들고 오셔서 의자에서 엉덩이로 터뜨리면 됩니다. 그래서 어르신들이 풍선을 빨리 전달해야 선생님들이 빠르게 들고 와서 터뜨릴 수 있습니다. 그렇다고 너무 무리는 하지 마세요. 대신 열심히만 해주시면 됩니다." 아하! 그래서 엉덩이가 큰 사람이 필요하다고 하셨구나. 나는 딸기 팀의 풍선을 가져와서 터뜨리게 되었다. 곶감 팀은 남자 선생님이 맡게 되었다.

시작! 강사님의 구령과 함께 풍선 옮기기가 시작되었다. 모두가 자기 팀의 승리를 위해서 풍선을 재빠르게 이동시켰다. 그 순간만큼은 노인이 아니었다. 초등학생으로 돌아가서 우리 팀의 승리를 위해 최선을 다하는 모습이었다. 평소에는 아프지 않은 곳이 없는 어르신들은 몸이 건강한 10대 아이들 같았다. 아파서 못 하는 어르신은 한 분도 없었다. 늘 콧노래를 흥얼거리던 윤 어르신의 콧노래도 들리지 않았다. 각자 팀을 응원하는 선생님의 열띤 응원 열기도 합세했다. 풍선을 전달하는 손길은 느리지만 어르신들의 마음은 깃털처럼 가벼워 보였다. 마지막 어르신께 풍선이 도착했다. 옆 팀 속도를 보고 얼른 받아서 의자에 앉아서 준비했다. 곶감 팀 선생님이 의자에 앉는 순간 내가 먼저 엉덩이를 눌러서 터뜨렸다. 딸기 팀 승! 강사님의 판정에 딸기 팀의 환호성이 터져 나왔다. 만세를 부르고 다음 경기를 안내했다.

이번에는 한 번만 가는 것이 아니고 갔다가 다시 돌아온 것을 선생님이 가져와서 터뜨리라고 했다. 한 번의 승리를 한 딸기 팀은 사기가 올랐고 남자 어르신이 많은 곶감 팀은 별 반응이 없이 덤덤하였다. 선생님의 시작! 신호가 떨어졌다. 잘 이동하던 딸기 팀 풍선이 중간에서 "펑" 하며 터져 버렸다. 다시 풍선을 가져가서 이동하는 동안 곶감 팀이 이기게 되었다.

"이번에는 곶감 팀의 승입니다. 이렇게 해서 두 팀 모두 1점씩 획득해서 동점이 되었습니다. 우리 어르신들 이제부터 제대로 하셔야 합니다. 이번에는 풍선을 반대로 이동하겠습니다. 한쪽은 잘하는데 다른 방향은 잘 하지 못하기 때문입니다. 선생님 두 분도 마찬가지로 끝에 있는 어르신 풍선을 받아서 터뜨리시면 됩니다. 이번에는 의자를 여기까지 옮기겠습니다." 앞쪽에 있던 의자 두 개가 뒤편으로 이동되었다. 처음 이동하던 역방향으로 풍선이 이동했다. 항상 같은 방향으로 하는 것을 반대 방향으로 역발상 하는 선생님의 노련함에 고개가 끄덕여졌다. 어르신들은 풍선을 역방향으로 이동하느라 몸과 마음을 집중했다. 역시 여자 어르신들이 많은 딸기 팀이 빨랐다. 얼른 눈치를 보고 곶감 팀 선생님이 의자에 앉는 순간 내가 먼저 풍선을 터뜨렸다. 풍선 터지는 소리를 듣고 딸기 팀 어르신들은 환호성을 질렀다. 2:1이 되었다. 아쉬워하는 곶감 팀에 지원군이 나타났다. 사무실에 있던 윤 주임이 어르신들 환호성 소리를 듣고 나왔다. 센터에서 마음도 넉넉하고 몸도 넉넉하여 어르신들이 좋아하신다. 강사님이 국제적 선수라고 소개하고 경기가 시작되었다. 이번에는 풍선이 하나가 아니라 두 개다. 그냥 가져오는 것이 아니라 그 자리에서 코끼리 코를 세 바퀴 돌고 가져와서 터뜨려야 한다. 코끼리 코 돌기가 자신이 없었지만, 딸기 팀 어르신들의 시선을 외면할 수가 없었다. 풍선이 마지막 어르신께 왔을 때 옆 팀을 볼 생각도 못 하고 코끼리 코를 정식으로 세 바퀴 돌았다. 내가 도는 사이 윤 주임은 서서 코끼리 코 돌리기 흉내만

내고 의자에서 풍선을 터뜨렸다. 정식으로 돌고 나니 쓰러질 것처럼 어지러웠다. 겨우 의자에 앉아서 풍선 하나를 터뜨렸다. 하나를 더 터뜨려야 한다는 것을 깜박 잊어버렸다. 멍하니 있는데 옆 의자에서 풍선을 터뜨리는 소리가 났다. 아차! 풍선 하나가 더 있었지! 생각하는 순간 곶감 팀의 환호성이 들렸다. "곶감 팀 승! 우리 어르신들께 감사드립니다. 다음 주에 한 분도 빠짐없이 건강하게 뵐 수 있기를 빕니다." 늘 수업을 마치고 어르신 한 분 한 분과 건강하게 지내시라고 인사를 나누고 하이파이브를 한다. 강사님의 어르신 대하는 모습에 저절로 미소를 짓게 된다.

가슴 두근거리는 일이 있을 때 나는 혼자 히죽히죽 웃는다. 새로운 것을 배울 때 새로운 강의를 들을 때마다 가슴이 두근거린다. 자이언트 책 쓰기 수업을 들으면서 항상 웃어야 한다. 표정이 환해야 한다는 이은대 작가 말씀을 거의 수업 시간마다 들었다. 마스크를 끼고 자전거를 타고, 다니면서 입을 벌리고 혼자서 하하 웃었다. 새로운 일 낯선 일을 할 때마다 가슴이 두근거린다. 내가 좋아하는 일 기대하는 일을 할 때도 내 마음은 방망이질한다. 매주 금요일 웃음 치료 강의는 늘 기대가 된다. 이번 주는 어떤 게임으로 우리 어르신들을 즐겁게 해주실까. 내가 응용할 것은 무엇인가. 생각하면서 뒤에서 강의를 돕는다. 웃음 치료에 대해 많이 배우고 싶은 분이다. 억지로 웃는 웃음이 아닌 자연스럽게 터지는 즐거운 웃음을 만드는 재주가 있었다. 행복한 웃음, 자연스러운 웃음으로 남을 웃길 수 있는 재능을 배우고 싶었다. 우리 어르신들의 행복한 웃음소리가 들린다. 그 시간만큼은 마음이 행복한 아이 같다. 주름진 얼굴에 자신감 넘치는 활력을 심어 드리면 좋겠다. 굳어진 얼굴에 각시탈의 웃음을 한 바가지 수북이 담아 손잡아 드린다. 내가 드릴 것은 없지만 환한 미소와 친절한 태도로 그분들의 얼굴을 환하게 웃게 해 드리고 싶다. 지금 이 순간 여기에서 즐겁고 행복하시길 빌어본다.

3

발 마사지로 깨달은
인생의 지혜

"발을 보면 건강이 보인다."

"발이 편해야 몸이 편하다." 하셨다. 나에게 하는 말로 들렸다. 발과 인체의 연결된 부위를 그림으로 설명했다. 그래서 발을 보면 건강이 보인다고 하셨구나! 6년 전, 지금보다 건강이 좋지 않았다. 내 발을 잘 관리하면 나도 건강해질 수 있을까. 50플러스 서부 캠퍼스에서 발 마사지 강좌가 개설되었다. 발 마사지를 꼭 배우고 싶었던 터다. 그동안 예쁜 구두 한 번 신지 못하고 편하다는 이유로 운동화만 신었다. 농사일하느라 목이 무릎까지 오는 장화만 신었던 발이다. 운동화와 장화가 발을 편하게는 했지만, 발에게는 늘 미안한 마음이었다. 매주 2시간씩 4주간의 교육이었다. 시간을 내어 발 마사지 1, 2 단계를 더 익히고 손 감각도 배웠다. 배우면서

'은평구 발그레봉사단'에 가입했다.

발그레 봉사단과 함께 엘림요양원을 갔다. 요양원은 그렇게 크지도 넓지도 않았다. 로비 벽면에 많은 상장과 표창장이 걸려 있었다. 연세 드신 자그마한 체구의 할머니들이 도란도란 이야기를 나누고 있었다. 발 마사지가 뭔지 몰라서 받지 않겠다는 분도 있었다. 몇 번 받아보신 할머니는 스스럼없이 침대로 가서 발 마사지 받을 준비를 한다. 어르신들은 잘 기억 못 하지만 자원봉사자 선생님들은 할머니께 '지난번 다친 곳은 좀 어떠세요, 그동안 잘 계셨어요?' 하며 일일이 안부를 물었다. 침대에 누워 계신 어르신 한 분한 분께 정성을 다해 발 마사지를 했다. 수건으로 발을 감싸고 발 마사지 크림을 듬뿍 발랐다. 1단계부터 22단계까지 마사지를 했다. 누워 계신 어르신의 얼굴을 살피며 강도를 조절했다. 눈을 감고 편안히 누워 계시는 모습이 천사 같았다. 내 마음이 편안했다. 마사지를 마친 어르신들은 미온수를 드시도록 했다. 발 마사지를 하면서 어르신들의 많은 발을 만났다. 발가락이 휘어진 발, 뼈만 앙상하게 남아 살가죽이 뼈에 착 달라붙은 발, 엄지발가락이 오른쪽과 왼쪽으로 휘어진 발을 보았다. 할머니 한 분은 발에 반창고가 붙어 있기도 했다. 발이 갈라져 따가워서 붙였다고 했다. 하나같이 정상적인 발은 보이지 않았다. 어르신의 발에는 세월의 흔적이 고스란히 담겨 있었다. 저 발로 얼마나 많은 길을 자식을 위해

가족을 위해 다녔을까. 산길을 걷기도 하고 신작로를 걷기도 하셨겠지. 장을 보기 위해 새벽길도 걸었으리라. 어두운 밤길도 걸었겠지. 겨울에는 눈길 여름에는 빗길을 세월 속에 걸어 다녔을 것이다. 차비를 아끼기 위해 걷기도 하셨겠지. 자식이 아플 때는 등에 업고 읍내 병원으로 뛰어가기도 했겠지. 객지 나간 자식이 올 때는 동구 밖까지 가벼운 걸음으로 마중을 나가기도 하셨을 거다. 지금처럼 워킹화 조깅화가 있었던 것도 아니고, 운동화 아니면 고무신 신은 발로 세상을 디디고 세월을 담아서 살아 온 발이었다. 어르신 얼굴의 잔잔한 미소를 보면서 나눌 수 있어 감사했다. 드릴 수 있어 행복했다. 나도 누군가에게 도움이 될 수 있구나. 발 마사지를 마치고 돌아오는 길 무엇인지 모를 가슴 뿌듯함이 앞서서 걸어갔다.

　50플러스 서부 캠퍼스 와글와글 축제에 발그레 봉사단 일원으로 참석했다. 회원들이 오전 발 마사지 행사만 참석하고 오후에는 일이 있다고 전부 가버린 뒤였다. 오후에 특별한 일정이 없었다. 나라도 끝까지 참석하자 생각하고, 혼자 행사장에 남아 있었다. 행사를 마치고 마지막 순서로 시상식이 있었다. 단체 사진 콘서트에서 "은평구 발그레 봉사단"이라고 호명이 되었다. 대상을 받게 되었다. 어느 정도 예상은 했지만, 대상으로 호명되어 깜짝 놀랐다. 남아 있는 회원들이 아무도 없었다. 할 수 없이 내가 혼자 나갔다. 혼자 멋쩍게 상을 받았다. 함께 기뻐할 회원들이 없으니 어색하기 짝이 없었다. 다행히 남부 캠퍼스 관장님이 오전에 발 마사지를 받았던 터라 관장님을 끌어안고 펄쩍펄쩍 뛰었다. 혼자서 상을 받고 보니 기쁠 때나 슬플 때 나와 함께 하는 사람이 있다는 것은 감사한 일이었다. 상을 받을 때마다 옆에서 박수하고 축하해 주는 것은 당연하다고 생각했는데 혼자서 상을 받고 보니 함께라서 더 행복함을 뒤늦게 깨달았다. 백화점 상품권 20만 원을 선생님께 전했다. 이 선생님 덕분이라며 회원들과 유용하게 사용하겠다고 하시며 기뻐하셨다. 그냥 그 자리에 있게 된 것뿐이었는데. 봉사는 쥐꼬리만큼 하고 내가 큰 상을 받은 것 같았다. 봉사하면서도 홍보가 중요하다는 생각이 들었다. 예수님은 오른손이 하는 일 왼손이 모르게 하라고 하셨지만 옳고 바른 일은 많이 알리고 크게 홍보할수록 나비효과를 일으키게 된다. 왜냐하면 발그레 봉사단을 많이 홍보할수록 회원을 확보할 수 있고 지역 사회에 선한 영향력으로 다가갈 수 있기 때문이다.

발에는 인체의 말초신경이 모여 있는 곳이다. 발의 124개의 발혈점이 인체 각 기관, 장기와 연결되어 있다. 인체는 200여 개의 뼈 중에 52개의 뼈가 발에 있다. 그뿐 아니라 51억 개의 모세혈관 중의 30억 개의 모세혈관이 발에 있다고 한다. 그래서 발은 제2의 심장이라고도 한다. 발의 124개 혈 자리에 대응하는 인체 각 장기의 기능과 기혈을 발 마사지로 조절할 수 있다. 신경 반사작용과 혈액 순환 개선으로 노폐물을 배출시키므로 피로 해소와 뭉친 근육을 이완시키게 된다. 체내 장기의 면역기능을 강화하여 면역력을 높일 수 있다.

건강한 사람에게는 질병을 예방하는 차원으로 환자에게는 질병의 자연치유로 부작용 없이 몸이 건강해지는 효과를 얻을 수 있다. 상황이 되면 모시는 어르신께 발 마사지를 자주 해드렸다. 발 마사지를 마치고 몸이 가볍다고 하시고 얼굴이 환해지는 것을 보면 나도 기분이 좋아졌다.

내 발을 바라보았다. 선생님은 발을 보면 건강이 보인다고 했는데 무좀으로 발바닥 껍질이 일어나 있다. 발톱 무좀으로 엄지발가락이 거무스름하다. 발뒤꿈치는 가뭄 속의 논바닥처럼 쩍쩍 갈라져 거칠다. 스타킹을 신지 못하고 양말을 신어야 한다. 자그마하고 예쁜 발이 아니다. 볼이 넓어 숙녀용 예쁜 구두는 그림의 떡이고 늘 장화와 운동화 속에 내 발을 감추었다. 내 몸의 가장 낮은 곳에서 발은 불평 한마디 하지 않았다. 내가 가는 곳은 어디든지 함께 가고 몸의 균형을 잃지 않도록 도와주었다. 발은 나에게 아무런 대가나 보수도 바라지 않고 모든 것을 주었다. 나는 발에게 해 준 것이 아무것도 없었다. 발한테 많이 미안하다.

발에게 해 준 것은 고사하고 고마움 한 번 제대로 표하지 못했다. 당연히 내 몸에 있으니 내 것이다 생각한 나 자신이 부끄러워진다. 내 몸의 가장 낮은 곳에서 어떠한 관심도 끌지 못했다. 말없이 묵묵히 자기의 역할을 충실히 해온 발이 고맙다. 나에게 주인님! 이럴 수가 있느냐고 너무하다고 소리쳤지만, 내가 그 소리를 외면하였는지도 모르겠다. 나 살기 바쁘다고 그 소리를 못 들은 척 지나온 적도 많았다. 늘 나를 위해 걸어 주는 발이지만, 발에 대한 고마움은 미처 생각하지 못했다. 오늘은 고맙다고 말하고 감사한다. 미안한 마음으로 들여다본다. 혼자가 아니라 나와 함께한 발이 있어서 여기까지 올 수 있었다. 세월을 버티고 세상을 만날 수 있었다. 그동안 고생 많았다고 수고했다고 전하고 싶다. 내 발이 고마운 만큼 내가 만나는 어르신 발도 감사한 마음으로 발 마사지를 해드려야겠다. 젊었을 때 가족을 위해 헌신했을 어르신의 발을 포근하게 사랑으로 감싸 드리고 싶다. 발처럼 낮은 곳에서 일하지만, 언제, 어디에서나 없어서는 안 되는 꼭 필요한 존재로 오늘도 뚜벅뚜벅 걷는다.

4

요양보호사가 되다

인터넷 검색을 하다가 손길이 멈춘 곳은 동대문 여성인력개발원이었다. 그곳에서 요양보호사 교육을 받았다. 집과 많이 멀지 않았고 오전 수업 시간이라 무리가 없을 것 같았다. 오전 9시 30분부터 오후 1시 30분까지 하루 4시간 수업이 진행되었다. 처음 며칠은 서먹하고 낯설어 서로 말하기가 어려웠다. 수업하면서 여러분들끼리 친해져야 한다, 반 대표를 중심으로 함께 노력하라는 강사님의 조언으로 서로 친해질 수 있었다. 어느 날부터 강의실에 도착하면 초코파이, 달걀, 우유, 건빵 등 간식이 하나씩 책상 위에 놓여 있다. 돌아가면서 자발적으로 간식을 나누고 조금씩 친밀감이 형성되었다. 수업은 교재를 보고하는 이론과 실습으로 진행되었다. 짝을 정해 실습하기도 하고 마네킹 인형을 침대에 올려놓고 실습했다. 휠체어로 대상자 이동은 짝을 지어 직접 실습했다. 환자를 이동시킬 때, 대소변 처리, 침상 목욕하는 방법을 마네킹 인형으로 실습했다.

누가 먼저 말을 꺼냈는지는 생각나지 않는다. 1시 30분에 수업을 마치면 늘 시장했다. 도시락을 싸 와서 비빔밥을 해 먹자고 했다. 듣던 중 반가운 소리다. 사무실 직원의 눈치를 살펴 가며 우리는 역적모의했다. 3교시를 마치면 얼른 도시락을 꺼내서 둘러선다. 어제 각자가 가져오기로 한 재료와 도시락을 꺼냈다. 집이 가까운 사람이 무쳐오는 나물이 주재료가 된다. 솜씨 좋은 언니가 비닐장갑을 끼고 양푼에 가져온 밥과 반찬, 나물 무친 것, 고추장, 참기름을 넣어 즉석 비빔밥을 만든다. 완성되면 자기가 먹을 만큼 덜어간다. 고추장의 매운맛, 참기름의 고소함과 함께 씹히는 밥과 나물의 조화는 천하일미가 따로 없었다. 여럿이 빙 둘러서서 한 숟가락씩 나눠 먹는 비빔밥은 어디에서도 먹을 수 없는 맛이다. 가지고 온 재료에 따라 콩나물 비빔밥이 되기도 하고 숙주나물 비빔밥이 되기도 했다. 간혹 강사님을 모시고 와서 함께 먹기도 했다. 지금도 함께 먹은 그 맛을 잊을 수가 없다. 비빔밥을 함께 먹고 오는 날은 마음까지 든든했다. 함께 조화를 이루는 비빔밥처럼 나도 누군가와 어우러져 맛있는 비빔밥의 삶을 살 수 있을까. 요양보호사는 어떤 어울림과 조화를 만들어 낼 수 있을까. 누구를 만나도 그 사람과 조화롭게 일할 수 있으면 멋진 요양보호사가 될 것 같았다.

 재가 실습은 9시 전에 재가센터에 모여서 오늘 가야 할 댁을 안내받았다. 주로 두 사람씩 조를 지어 센터에서 안내하는 곳으로 가서 근무하는 요양보호사의 지시를 받았다. 요양보호사 근무시간이 아니면 그 댁에 필요한 청소나 어르신 말벗이 되어 드리면 된다. 9시부터 12시까지 실습을 마치면 센터로 모이게 된다. 센터장님과 직원 몇 명이 근무하던 곳에 실습생 열명 정도가 들어서니 사무실이 가득 찬 느낌이었다. 책상과 의자를 진열해 전체가 앉을 식탁을 만들고 미리 센터에 도착한 조는 점심을 준비했다. 센터에서 해놓은 밥과 각자가 준비해 간 반찬을 꺼내고 센터에 있는 김이나 김치 밑반찬으로 푸짐한 점심 한 상이 차려졌다. 2주간의 실습을 마쳤다. 별 어려움 없이 재미나게 진행되었다. 혼자서는 어려운 길이지만 함께라서 행복한 기분이었다. 함께 한다는 것이 이런 것이구나 마치고 오면서 나를 돌아보게 되었다. 지금까지 나만 열심히 살면 되는 줄 알았다. 남들과 어울리는 시간은 낭비하는 시간이라 생각했다. 강의장에서 먹은 비빔밥과 재가센터 실습하면서 같이 먹은 점심. 함께하는 삶을 조금씩 알아가는 것 같았다. 뒤늦게 철든 느낌이다.

시설에서 하는 기관실습이 어렵고 힘들 것 같았다. 조를 나눠서 했기 때문에 서로의 실습이 어떠했는지 물으면서 소통했다. 기관 실습을 나갔다. 슬리퍼를 질질 끌고 나온 사회복지사는 자기소개 나 인사 한마디 없이 실습 규칙만 이야기했다. 내 동생 같으면 알 밤이라도 한 대 먹이고 싶었다. 대충 얼굴 짐작으로도 누나나 엄마 뻘이 되어 보였지만 매주 들어오는 실습생은 실습생으로 보였겠 지. 나이에 상관없이 실습생 앞치마를 입었다는 이유로 실습생 대 우받았다. 올라오는 마음을 꾹꾹 눌렀다. 타산지석으로 삼아야지 다짐했다. 실습 선생님 "오늘은 유리창에 붙은 스티커 자국을 좀 지워주세요. 그리고 담당 구역 청소 신경 써 주시고요." 속으로 '우 리가 요양보호 실습하러 왔지. 청소해 주러 왔나.' 하는 생각이 들 었다. 무슨 일을 하려면 기본이 청소겠지만 요양보호를 더 배우고 현장을 익히고 싶은 욕심이 앞섰다. 무엇을 배우든지 태도가 중요 하다. 욕심을 버리고 무엇이나 하라는 대로 하면서 기본 소양 쌓자 다짐했다.

식사 시간 전, 누워 계시는 어르신을 침대에서 일어나 앉도록 한 다. 앞치마를 목에 둘러 드린다. 좁은 침대에 누워서 종일 무슨 생 각을 하실까 거동하시는 어르신은 여기저기 다니며 이야기를 나눈 다. 누워 있는 어른들이 사람 만나는 시간은 식사 시간뿐이었다. 물론 실습생들이 간혹 말벗이 되기도 하지만 제한된 인원으로 역

부족이다. 숟가락을 못 드시는 어르신은 떠먹여 드렸다. 삼키는 모습 또한 힘들어 보였다. 누워만 있으니 입은 바싹 마르고 배도 고프지 않다 하시며 잘 드시지도 못했다. 집에서처럼 개별 식사는 할 수가 없고 식사 시간에만 드실 수 있으니 안타까웠다. 어떤 어르신은 아예 드시지 않겠다고 아이들처럼 떼를 쓴다. 근무하는 요양보호사는 혼자서 서너 분 밥을 돌아가며 떠먹인다. 한 분 떠먹이고 삼킬 동안 다른 분을 떠먹인다. 실습생이 한 분을 맡아서 도우면 그나마 수고를 덜 수 있었다. 식사를 마치면 양치를 해야 한다. 양치할 물과 입에서 뱉은 물 담을 그릇과 칫솔을 준비해서 한 분씩 차례대로 양치를 시키고 앞치마를 거두어 세탁실로 간다. 컵과 칫솔은 세척하고 이름표를 보고 소독기에 정리했다.

운이 좋은 날은 휠체어 타신 어르신을 모시고 2층 강당으로 내려간다. 구연동화, 인지 활동, 미술치료, 운동치료 강사들이 와서 프로그램을 진행한다. 나중에 내가 쓸만한 것은 기억하기 위해 메모를 하고 집에 와서 노트에 정리했다. 정리를 마치면 혼자서 낮에 본 외부 강사가 하던 동작을 따라서 해 보기도 했다. 실습생은 연습생인가 보다 혼자서 피식 웃음이 나왔다.

원서를 미리 내지 못해 집에서 한 시간이나 떨어진 시험장에서 시험을 쳤다. 시험 발표 당일 동기생들의 합격이 단톡방에 하나씩 올라왔다. 오전에 일이 바빠 확인할 수 없었다. 마음이 불안했다. 혹시나 떨어졌으면 어쩌나 걱정이 되었다. 수험 번호를 입력하고 떨리는 손으로 클릭했다. "합격" 두 글자가 선명하게 눈에 들어왔다.

앞으로 내가 누굴 만나고 무엇을 해야 할지 지금은 알 수가 없다. 그러나 나는 요양보호사로서 나의 삶을 멋지게 만들고 싶다. 아직 해 보지 않은 세계에 대한 두려움보다는 잘할 수 있다는 자신감으로 도전하리라 누군가에게 꼭 필요한 사람, 반드시 있어야 할 사람이 되고 싶다. 누군가에게 도움을 주는 남과 1% 다른 요양보호사로서 멋진 무대를 만들 꿈을 꾼다.

5

어깨에 웃음꽃이 피었습니다

사거리 신호등에 송영 차가 멈추어 섰다.

"이 선생님 차 운전 좀."

갑자기 일어난 일이라 대답도 못 하고 얼굴만 바라봤다. 나의 승낙을 얻기도 전에 운전기사는 시동을 켜 둔 채 문을 열고 밖으로 나가 버린다. 얼른 조수석에서 내려 운전석으로 가서 운전대를 잡았다. 기가 찼다. 이럴 수가 있나. 생각하며 차를 움직였다.

배 기사는 평소에도 장이 좋지 않다고 했다. 화장실 들어가면 차 출발 시간이 되어도 나올 줄 몰랐다. 몇 번이나 동료들의 재촉을 받으면 못 이기는 척 나오기도 했다. 어쩌다가 화장실에 있지 않고 휴게실에 있을 때는 웬일인가 싶기도 했다. 식사 시간 배 기사의 접시는 늘 음식이 산처럼 높았다. 장이 좋지 않으면 스스로 식사를 조절하지, 하면서 뒤에서 수군거리기도 했다. 내가 승합차 운전을 할 수 있기에 망정이지 운전 못 하는 직원이 왔더라면 어쩔 뻔했나. 마지막 어르신 댁 한 곳만 남아 있었다. 순자 어르신 한 분만 모셔 드리고 센터로 들어가면 되는 상황이었다. 어르신께는 기사가 배탈이 나서 화장실을 갔다고 양해를 구하고 댁으로 안전하게 모셨다.

주간 돌봄 센터는 아침에 어르신을 모시고 와서 저녁에는 댁으로 모셔다 드리는 시스템이다. 모시고 오가는 행위를 송영이라고 부른다. 주간 돌봄 센터에서 모든 역할이 중요하지만, 송영팀의 역할이 가장 중요하다. 어르신을 센터까지 모셔 와야 하고 모셔 드리기 때문이다. 어르신이 오지 않는 센터는 학생이 없는 학교와 같다. 댁에 모셔 드릴 때도 보호자를 직접 대면하는 것은 송영팀이다. 송영팀의 얼굴은 센터 전체의 얼굴이라는 생각했다. 언제나 밝고 환한 얼굴로 센터를 대표해야 한다 생각했다. 나의 의지와 상관없이 예기치 못한 일이 생길 때도 있었다. 능수능란하게 상황에 맞게 대처하는 능력이 요구될 때도 있었다.

"여기 할머니 또 풀었다."
센터에서 출발하기 전 어르신 한 분이 의자에 앉을 때마다 안전벨트를 채운다. 인지가 있는 어르신들은 댁까지 그냥 가시는데 간혹 안전벨트를 풀어 버리는 어르신이 있다.

"영순 어르신, 안전벨트 하세요." 어제 송영때는 안전벨트를 채우고 댁까지 모셔 드렸다. 오늘은 혼자서 안전벨트를 끼울 기미가 보이지 않는다. 센터에서 출발한 지 5분도 채 되지 않는 시간이다. 운전 선생님에게 차를 세워달라고 부탁한다. 승합차 앞문을 열고 내린다. 뒷문을 열고 영순 어르신 자리로 간다. 영순 어르신 자리는 두 번째 가운데 자리다. 옆자리에 앉은 어르신께 양해를 구하고 다시 벨트를 채워 드린다.

"어르신 집에 도착할 때까지 벨트를 풀면 안 됩니다." 고개를 끄덕인다. 자리로 돌아와서 다시 출발한다. 얼마 가지 않아 옆에 앉은 김 할머니 신고가 들어온다.

"또 풀었다." 대로변이라 차를 세울 수가 없다. 다음번 어르신이 내릴 때 다시 안전벨트를 채워 드리고 출발했다. 어르신들이 안전벨트를 자주 풀 때 벨트가 너무 조이면 약간 느슨하게 메어 드리기도 했다. 생각 없이 단추를 눌러 풀기도 했다. 송영 시간은 한 시간 남짓하다. 그동안 두세 번 풀기도 한다. 다음 어르신이 내리는 장소에서 채운다. 도로에서 풀면 방법이 없다. 속도를 늦추고 안전 운행을 부탁한다. 풀 때마다 화를 낼 수도 없고, 차에서 내려 다시 맬 수도 없는 노릇이다. 그러려니 하고 마음을 내려 놓는다.

날씨가 제법 추운 12월 어느 날이었다. 어르신 두 분이 장갑을 끼지 않고 맨손으로 차를 타셨다. 안타까운 마음으로 "어르신요, 날씨가 상당히 춥습니다. 아침에 나오실 때 목도리와 장갑을 하고 나오세요. 손이 따뜻해야 혈액순환이 잘 됩니다."라고 말씀을 드렸다. 차에 타신 어르신들이 고개를 끄덕이셨다. 다음에 타는 김 어르신은 버스 정류장에서 차를 기다린다. 장갑을 끼지 않고 나오셨다. 미리 타신 유 어르신이 나에게 항의한다. 이제 타는 사람은 장갑을 끼지 않았는데 왜 아무 말도 하지 않고 내가 타니 장갑을 끼지 않았다고 말하냐고 한다. 말문이 탁 막혔다. 나는 아무리 좋은 뜻으로 말해도 어르신이 받아들이지 못할 수도 있는 것이다. 정신이 번쩍 들었다. 송화 어르신께 죄송하다고, 어르신 생각해서 드린 말씀이었는데 불편하셨다면 이해해달라는 말을 드렸다. 차 안에 계시는 다른 어르신 한두 분은 따질 일도 아니라는 말씀을 하셨다. 입을 다물었다. 내가 아무리 걱정이 되어도 그것은 나의 생각이지 어르신의 생각은 아니었다. 말조심 해야겠다고 생각했다. 나의 열정만으로 어르신을 모실 수는 없는 노릇이다. 그 어르신은 원래 그렇다. 먼저 타기 때문에 뒷자리에 앉히면 팀장이나 간호 주임 붙잡고 하소연한다고 운전 선생님이 슬쩍 귀띔해준다. 송영을 마치고 선임에게 자초지종을 이야기했더니 그러려니 하라고 한다. 대체로 인지가 양호하신 분들이지만, 언제 어떻게 삐치게 될지 늘 마음이 긴장되었다.

아침 송영 2차 어르신을 다 태우고 나면 9시 10분에서 20분 사이 센터에 도착한다. 주차장에 차를 세우고 한 분 한 분 손을 잡고 하차시킨다. 엘리베이터 문이 열리고 어르신들과 함께 센터에 올라간다. 엘리베이터 안내원처럼 다시 인사를 한다.

"우리 어르신들 오늘도 건강한 모습으로 뵙게 되어 기쁩니다. 어제 죽은 재벌은 오늘 아침 라면도 한 그릇 못 먹습니다. 우리 어르신들 살아 계셔서 센터 나오시고 얼굴 뵐 수 있어서 감사합니다. 센터에서 즐겁고 행복한 시간되시길 빕니다." 인사를 드리고 나면 엘리베이터 안의 공기가 환해지는 느낌이 든다.

"선생님들이 고생하신다."라고 인사를 하신다. 안 어르신은 "선생님 고마워요." 하시면서 깍듯이 대해주신다. 어르신 얼굴에 환한 미소가 번진다.

어깨에 웃음꽃 활짝 피는 아침을 선물해 드리고 싶었다. 송영팀이 센터 문을 열고 어르신을 가장 먼저 맞이한다. 기분 좋은 아침의 시작은 하루를 즐겁게 한다. 내가 먼저 웃고 그분들을 밝은 마음으로 대하고 싶었다. 무표정한 얼굴의 어르신 한 분 한 분께 생활의 활력을 드리고 싶었다. 살아 있어 감사하다 전한다. 연세가 들어 거동이 자유롭지 못하고 머리에는 하얀 눈이 내리고 얼굴에는 주름이 가득하지만, 누군가에게는 소중한 부모님이다. 그분들의 어깨에 웃음꽃이 활짝 피게 하는 것은 아침에 가장 먼저 만나는 송영팀 나의 몫이었다. 귀가하는 시간까지 센터에서 즐거운 생활이 되도록 도와드리고 싶었다. "어깨에 웃음꽃이 활짝 피도록" 도와드리고 싶다.

6

할머니 눈물

의사의 말은 거짓이었다. 사실이 아니다. 엉터리다. 돌팔이인가. 괘씸했다. 눈물샘이 말라서 눈물을 흘릴 수 없다고 했는데 눈물이 났다. 웬일이야. 신기하다. 세상에 이럴 수가 있나. 별일도 많다.

여의도의 어느 아파트에 근무할 때 일이다. 할머니는 이야기 듣는 것을 좋아했다. 할머니가 어릴 때 할머니의 할아버지께 옛날이야기를 자주 들었다고 했다. 나한테도 재미난 이야기를 해 달라고 아이처럼 졸랐다. 몇 해 전에 구연동화를 배웠고 자격증도 있었지만, 창고 깊숙하게 넣어 놓은 준비물 찾는 일이 엄두가 나지 않았다. 다시 준비하기도 시간적인 여유가 허락되지 않았다. 카톡에 있는 좋은 글을 따로 저장했다가 읽어 드렸다. 카톡에 오는 글로는 절대량이 부족했다. 평소에 알고 있는 난센스 퀴즈를 내었다. 할머니는 거의 백전백패였다. 답을 이야기하면 그렇다고 하는 정도로 크게 흥미를 유발할 수는 없었다. 문제를 묻지 않고 이야기 형식으로 해보기도 했다. 재미있다고는 하셨지만, 이야기를 원했다. 내가 읽고 있는 책 이야기를 해 드리는 것도 무리였다. 어떻게 하면 할머니가 좋아하시는 이야기를 계속해 드릴 수 있을까.

　어느 날의 출근 길에 문득 생각났다. 그래 맞다 여성시대가 있었지. '여성시대 신춘 편지 쇼 글을 읽어 드려야겠다.' 생각하고 출근했다. 할머니 방 청소를 했다. 점심 드시고 재미난 이야기를 읽어 드리겠다 하니 얼굴이 환해졌다. 식구들이 전부 외출하면, 넓은 집에 할머니와 나 둘밖에 없다. 보통은 방에서 식사하지만, 식구들이 없을 때는 한 발이라도 걸어야 한다고 말씀드린다. 상을 차리고 할머니를 주방으로 모시고 나온다. 혼자 방에서 먹을 때보다 둘이 먹으면, 밥맛이 좋다고 하신다.

　식사가 끝나면 설거지를 싱크대에 담가 두고 할머니와 방송국 놀이를 한다. 주방 양쪽에 있는 출입문을 닫는다. 약간의 울림이 있는 상태가 된다. 주방은 보이는 라디오 스튜디오가 된다. 그때부터 나는 방송국 진행자가 되고, 할머니는 청취자가 되었다. 핸드폰에서 여성 시대를 검색하면 신춘 편지 쇼 역대 수상작이 나온다.

1988년부터 2023년까지 수상작들이 줄을 서서 기다리고 있다. 해피엔딩으로 마무리되는 이야기와 할머니가 좋아할 만한 주제의 글을 찾아 읽어 드렸다. 50, 60대가 어릴 때 힘들었던 이야기를 할머니는 완전히 공감했다. 그중 기억에 남는 〈아버지의 쌀가게〉 이야기는 엄마가 돌아가시고, 아버지 혼자 어린 딸을 엄하게 키운 이야기다. 초등학교 1학년 때 이불 홑청을 시치고, 김장하는 것을 배우고 저고리 동전 다는 것을 아버지께 배웠다고 했다. 아버지가 열심히 하셔서 시장에 쌀가게를 냈다. 그런데 아버지가 글을 몰라서 외상 장부를 그림으로 그렸다. 마당에 나무가 있는 집은 나무를 그리고 장독이 있는 집은 장독을 그려 둔 노트를 우연히 보게 되었다. 주인공이 학교에 들어가고 아버지께 글을 가르쳐 드렸다. 마지막에는 외손녀에게 동화책을 읽어주는 외할아버지 모습이 그려져 있었다. 할머니는 아이코 잘했다. 정말 잘되었다고 소감을 말로 하신다. 〈나는야 연탄 집 셋째 딸〉 이야기는 연탄집의 딸로서 부모님을 도와 연탄을 배달하고 용돈을 받아 집으로 가는 모습이 그 옛날 연탄 때던 시대로 가는 듯했다. 할머니도 연탄 때던 당시의 이야기, 연탄불을 꺼뜨려 고생한 이야기를 해주셨다. 새벽에 일어나 연탄을 갈던 이야기를 하셨다. 그때는 힘든 줄도 모르고 마음 졸이며 살았다 하신다. 내가 중학교 때쯤 엄마는 연탄 장사를 했다. 포항 연탄 공장에서 1톤 포터에 연탄을 싣고 오면, 집집마다 주문받은 연탄을 내려 주었다. 연탄 배달을 마치고 나면 캄캄한 밤이 되었다. 늦은 저녁을 먹곤 했다. 엄마는 연탄차가 오는 날은 밤 늦도록 장부정리를 했다. 〈친정아버지와 사과〉 이야기는 친정아버지를 돕기 위해 사과 수확을 도운 딸의 이야기다. 공판장 가격이 너무 싸서 아버지를 도울 요량으로 인터넷으로 주문을 받고 사과를 보냈다. 사과 포장이 처음이라. 택배로 보낸 사과가 전부 멍이 들어 고객들과 소통하며 모두 해결했던 내용이었다. 아버지의 이름 석 자를 당당하게 내걸었던 이야기다. 자신의 이름 석 자에 책임을 지는 아버지의 모습이 좋았다. 이야기를 읽으면서 상황을 할머니께 설명하면서 읽어 드렸다. 주인공이 힘들거나 어려운 상황이 되면 할머니는 "너무 했다.", "저런 너무 불쌍 하구나.", "잘 됐으면 좋겠다." 하시다가, 주인공이 성공하는 장면에는 "아이고 만세다!" 하시며 좋아하셨다. 할머니의 살아 있는 반응에 나도 덩달아 신이 났다. 엄마가 일찍 돌아가시고 새엄마가 들어와서 주인공을 구박한 이야기를 하면서 "옛날에, 계모는 왜 그렇게 전처 자식들을 구박하고, 힘들게 했을까요." 하고 물으면 할머니는 동문서답을 하셨다. "정말 불쌍하다. 쯧쯧 쯧." 하시며 혼자서 마음 아파하시기도 했다. 하루에 서너 편씩 읽어 드렸다. 낭독 솜씨가 없어도 재미나게 들어 주는 청취자가 있어서 방송은 프로그램 개편 없이 계속 진행되었다. 점심을 먹고 나면 할머니는 은근히 나의 이야기를 기다렸다.

나는 꿈을 이루는 요양보호사입니다

설거지가 늦어도 상관없었다. 할머니가 즐거워하고 행복해하시면 된다는 생각으로 이야기를 읽어 드렸다. 그 시간만큼은 할머니가 행복한 어린아이로 돌아가는 것 같았다. 이야기 속에 흠뻑 빠져 세상의 모든 걱정과 시름을 잊은 것 같았다. 슬픈 이야기를 읽으면 담담하게 읽어야 하는데도 내가 먼저 눈물이 글썽이고 목이 꽉 잠겨 버린다.

두 주 정도 지난 어느 날이었다. 그날도 이야기를 한참 읽어 드리고 있었다.

"의사 선생님, 내 눈에 눈물 좀 봐라."

'아니 여기 누가 의사란 말이야.'

"예에." 하면서 주변을 둘러봤지만. 아무도 없었다.

'나를 보고 의사라 하셨나.' 생각하며 멍청하게 있는 나에게

"이 선생이 의사다." 할머니가 분명한 목소리로 말했다.

"예에."

'무슨 말씀 하시는 거지.' 무슨 말인지 영문을 알 수가 없었다.

"무슨 말씀이세요. 제가 왜 의사입니까?"

어리둥절한 내 모습을 보신 할머니가.

"병원에 의사 선생이 나는 눈물이 말라서 앞으로 눈물이 나지 않는다고 했는데, 이 선생이 이야기를 읽어줘서 눈물이 나니 이 선생이 의사가 아니고 뭐냐. 이 선생이 의사보다 낫다."

생각지도 못한 일이었다. 그냥 이야기를 좋아하시고 그 시간만큼은 행복해하시니 읽어 드린 것뿐이었다.

옆에 있던 따님도 엄마 눈물샘이 말라서 눈물이 나오지 않았는데, 이 선생님 덕분에 눈물샘에 눈물이 생겼네. 하면서 웃는다.

할머니가 눈물샘이 말라서 눈물이 나지 않는다는 것도 처음 알았다. 일회용 안약이 있어도 '눈이 건조해서 넣으시는 모양이다.' 생각만 했다. 할머니와 따님의 이야기를 듣고 나니 오히려 내가 감사한 생각이 들었다. 청소만 하고 할머니를 모시니 글을 읽어 드릴 시간도 있었고, 읽어 드리는 것을 잘 들어 주셔서 오늘의 결과가 있다는 생각이 들었다. 내가 하는 일에 마음을 다할 때 좋은 결과를 찾을 수 있었다. 돌아오는 발걸음이 하늘을 날아갈 것처럼 가벼웠다. 눈물샘이 말랐던 할머니가 눈물을 흘리고, 기뻐하시는 모습을 보니 작게라도 할머니께 도움이 된 것 같아서 내가 할 일을 제대로 한 것 같았다. 1% 다른 요양보호사가 된다고 다짐했던 때가 생각났다.

7

실수 좀 하셔도 됩니다

벗어날 수 있을까. 도망가야 하나. 숨을 곳이 없다. 당장 잡힌다. 가긴 어디를 가. 처리해야지 포승줄에 묶인 몸도 아닌데 숨이 막힌다. 묵묵히 죽은 듯이 받아들인다.

현이 할아버지는 간혹 옷에 실수할 때가 있다. 환풍기가 계속 돌아가는 화장실이지만, 냄새가 심하게 나면 일단 의심을 한다. 남자 요양보호사가 있으면 좋지만 어쩔 수 없다. 화장실 문을 두드린다. 어르신 제가 도와드릴게요. 걱정하지 마세요. 하면서 화장실에 들어간다. 옷과 손에는 대변이 묻어 어찌할 줄을 모르고 있다. 고향이 저와 같다고 좋다고 하셨지요. 가만히 계세요. 눈치 빠른 동료가 밖에 있으면 얼른 기저귀와 여벌의 옷을 준비해 준다. 밖에 아무도 없으면 사물함으로 직접 가서 여벌의 옷을 챙겨와야 한다. 화장실에서 목욕탕으로 이동한다. 비닐장갑 끼고 옷을 벗긴다. 엉덩이를 깨끗하게 씻고 닦인다. 새 옷으로 갈아입힌다. 내가 화장실 들어갈 때만 해도 당황하여 어쩔 줄 몰라 하던 어른이 차분해진 모습이다. "수고했어요. 고마워요." 하면서 인사를 한다. "예, 괜찮습니다. 제가 할 일입니다."라고 대답하며 아무 일도 없었던 것처럼 어르신을 모시고 밖으로 나온다. 3층에서 할아버지를 마중 나오던 현이 할머니는 집에 계신다. 3개월 전 무릎이 아프다고 하셨다. 저희가 모시고 올라 올 테니 집에 계시라고 말씀드렸다. 마중 나오는 것도 불편한 현이 할머니의 수고를 조금이나마 덜어 드린 것 같았다.

주간 보호 센터에 입사한 지 한 달 남짓한 때 일이다. 그날따라 코로나로 직원 세 사람이 현관에서 진단키트 검사로 바로 집으로 돌아가 버렸다. 세 사람이 한꺼번에 쉬는 바람에 남은 사람 모두가 일손이 바빴다. 별어르신을 화장실로 모시고 갔다. 바지를 내리고 속옷을 내렸다. 언더웨어 속을 들여다보고 앗! 소리를 지를 뻔했다. 이미 바지를 벗길 때 감은 잡았지만, 찐득한 똥이 가득 묻어 있었다.

"내가 어쩌다 똥을 다 쌌네." 냄새는 코를 찌르고 순간 어떻게 처리해야 하나. 여러 가지 생각이 스쳐 지나갔다. 선택의 여지가 없다. 일단 갈아입힐 속옷을 옷장에 가서 챙겨와야 했다. 가만히 계시라고 신신당부하고 총알처럼 달려가서 갈아 입힐 기저귀와 옷을 챙겨왔다. 문을 여는 순간! 들고 온 옷을 내동댕이 치고 싶었다. 그렇게 가만 계시라고 했지만, 어르신의 오른손에는 똥이 묻어 마른 휴지로 닦은 흔적이 누렇게 남아 있었다. 손에 묻은 똥은 안전봉 언저리와 여기저기에 묻어 있었다. 본인이 치우겠다는 생각으로 손으로 변을 만진 모양이었다. 혼자서 치우라고 말하고 싶었다. 그 말이 목구멍까지 올라왔지만, 꿀꺽 삼켰다. 먼저 손부터 물티슈로 닦이고 안전봉에 묻은 변을 닦았다. 냄새가 났지만, 입 다물고 깨끗하게 치우기로 작정했다. 겉옷과 내의를 벗겨 안전봉에 걸어두고 물티슈로 엉덩이를 닦았다. 씻기는 것 이상으로 몸에 묻은 것이 하나도 없을 때까지 물티슈로 닦았다. 몇 번을 반복해서 닦고 마지막으로 묻어나지 않는 것을 확인하고, 새옷으로 갈아 입혔다. 손을 비누로 다시 씻기고 자리로 모셨다. 평소에는 제대로 올리지 못한 바지만 치켜 올려 드려도 "고맙습니다."라고 또렷한 발음으로 분명하게 말하는 분이었다. 별어르신이 나에게 한마디 하지 않아도 내가 할 일을 제대로 하면 되는 것이다. 그냥 혼자서 처리해야 한다는 생각뿐이었다. 도와줄 사람도 없었다. 모두가 바쁜데 누구를 부를 수도 없었다. 일 처리가 끝나고 나서 선임 직원이 비상벨을 누르지 그랬냐라고 해서 비상벨은 어르신만 사용이 아닌 것을 뒤늦게 알았다. 사실은 비상벨을 눌러 도움을 요청할 생각도 못했다. 비상벨은 어르신들이 누른다는 생각만 했기 때문이다. 누가 뭐라고 해도 내 할 일만 똑바로 하면 되겠지. 팩트에 강해지자, 감정에 치우치지 말자.

막내 남동생과 나는 열다섯 살 차이가 난다. 중학교 2학년 겨울방학 때 동생이 태어났다. 엄마 산후바라지를 내가 했다. 밥은 연탄불에 해서 연탄집게 걸쳐 뜸 들이고 미역국을 데워서 함께 챙기는 것이 어렵지 않았다. 마을에 수도가 없었던 때다. 아기 똥 기저귀와 빨래를 고무대야에 가득 담아 머리에 이고 냇가로 갔다. 막내가 태어나기 전에는 집안일을 거의 엄마가 하셨다. 여자 팔자 길들이기에 달렸다고 하시며, 집안일보다는 숙제하거나, 책을 읽으라고 하셨다. 중학교 2학년 때. '똥'이라 생각하니 엄청 더럽게 느껴졌다. 그렇다고 누가 대신해 줄 수도 없고 도와줄 사람도 없었다. 오롯이 혼자 처리해야 했다. 기저귀 한쪽 끝을 겨우 잡고 물 위에서 흔들어 주니 시냇물에 똥이 다 떠내려갔다. 똥을 씻어주는 시냇물이 누구보다도 고마웠다. 기저귀는 노랗게 똥 자국만 남았다. 그 정도는 빨랫비누로 몇 번 문질러 헹구고 집에 와서 삶으면 문제없이 똥 기저귀를 깨끗하게 빨 수 있었다. 찬물에 손이 시려 새빨갛게 되었지만, 몇 번 그렇게 빨고 나니 똥 기저귀 빼는 것이 어렵거나 힘들지 않았다. 아기가 똥을 싸면 기저귀 갈 때는 항상 어른들을 불렀다. 똥 기저귀를 빨고 난 후부터는 혼자서 똥 기저귀 갈아줄 수 있었다. 어른들이 아기 똥은 엄마 젖만 먹기 때문에 더럽지 않다고 했다. 그런 것 같기도 했다.

점심 시간이 끝날 무렵이었다. 파킨슨 치매가 있는 고어르신이었다. 방금 화장실을 갔다 왔는데, 또 화장실을 간다고 했다. 화장실로 다시 모셨다. 변기에 앉아 있던 어르신이 옷도 올리지 않고 세면대 앞으로 나왔다. 왜 이러시냐고 물으면서 보니 항문에는 대변이 쑥 나와 있었다. 바닥에 쪼그려 앉도록 하고 힘을 주라고 했다. 토끼 똥같이 동글동글하게 몇 개가 떨어졌다. 장갑을 끼고 핸드타월로 하나씩 꺼냈다. 하나가 나오기 시작하니 힘을 줄 때마다 조금씩 밀려 나왔다. 변이 나온다고 잘하고 있다고 하면서 계속 힘을 주라하고 하나씩 받아서 변기에 넣었다. 불룩하고 울퉁불퉁하던 항문 입구가 정상적으로 되었다. 예닐곱 번 정도 꺼낸 것 같았다. 변기에 앉히고 비데를 한 후 다시 변을 보게 했다. 내가 변비를 해결한 것처럼 홀가분했다.

음식을 먹고 배설하는 것은 인간의 생리적 욕구다. 며칠 변비가 걸려도 힘이 드는데 만약 배설을 못 하게 된다면 끔찍한 일이 아닐 수 없다. 어르신이 대변 처리를 못 할 수도 있다. 실수한다고 코를 막고 인상 찌푸리지 않는 내가 되고 싶다. 요양보호사는 그분들을 돕고 모시는 사람이다. 그냥 일상으로 자연스럽게 처리하고 무뎌졌으면 좋겠다. 나를 키워준 부모가 똥을 싸면 코를 막고 짜증 내지 않는 딸이 되고 싶다. 그분인들 실수하고 싶어 실수하는 것은 아니지 않는가. 몸이 노화되고 기억력이 없어지니 그 처리를 제대로 못 할 뿐이다. 부모님의 실수를 받아들이자. 나는 부모님께 환영받고 온 세상에서 그분들의 희생과 헌신으로 살았고 여기까지 올 수 있었다. 이제 마음을 비우고 이 세상 계시는 동안 즐겁고 행복하게 해 드리고 싶다. 물론 각자의 처한 상황은 다르지만, 모든 것은 나의 마음이다. 내가 똥 쌀 때 치워 준 부모님. 이제는 내가 부모님 뒤처리를 도와드리는 마음 넓은 딸이 되고 싶다. 나이 들어 자식들에게 줄 수 있는 가장 좋은 선물은 죽을 때까지 내 발로 화장실 갈 수 있는 것이라고 한다. 자신의 뒤처리는 직접 할 수 있다면 더 바랄 나위가 없을 것이다. 살아가면서 누구의 도움을 받는 것은 어쩔 수 없는 일이다. 나이가 들어 아무것도 할 수 없을 때는 할 수 있는 사람들에게 도움 받는 것은 당연한 일이다. 도움받는 어르신이 너무 미안해하거나 어려워하지 않았으면 좋겠다.

"병든 이는 건강한 사람이 치료해야 하고 배우지 못한 아이들은 배운 이가 가르쳐야 합니다. 보살피지 못한 어린아이들은 어른들이 돌봐야 하고 늙어서 보살핌이 필요한 사람은 젊은이가 돌봐야 합니다. 이것은 어떤 특별한 일이 아니고 하나의 자연의 원리입니다." 즐겨 듣는 법륜 스님의 말씀이다.

하필 왜 '나'인가 생각할 수도 있다. 힘들고 어려운 일은 한순간이다. 언젠가는 다 지나게 된다. 지나고 나면 별 일 아니지만, 그때 당시는 고통스럽고 억울하기만 할 것이다. 몸을 사리고 뒤로 물러서기보다 내 몸 하나 봉사하고 희생한다는 생각으로 적극적으로 덤벼들 때 일을 수월하게 처리할 수 있었다. 좀 더 크게 멀리 바라볼 때 나에게는 그 모든 것이 감사가 되었다.

제 2 장

창살 없는
감옥

1

찬밥 신세라는 게
이런 거구나

8시에 집을 나선다. 출근 시간에 9호선 지옥철을 탔다. 지하철 안에서 사투가 벌어진다. 가방 속에 들어 있는 미역국과 고구마를 지켜야 한다. 미역국은 아침 식사 때 데워서 드리고, 고구마는 소풍 가서 먹으려고 챙겼다. 등에 멘 가방을 벗어 앞으로 메었다. 행여 미역국 국물이 쏟아질까 고구마가 뭉개질까 걱정이 되었다. 오전 9시부터 12시까지 세 시간 근무다. 숨쉬기도 어려웠던 지하철에서 내릴 때는 안도의 숨을 쉬었다. 미역국의 안전을 확인한다. 반듯하게 잘 들어 있다. 잠실역 지하철 계단을 오르면 마음은 벌써 할머니께로 달려간다. 길가에 핀 노란 수선화가 나를 반겨준다. 드릴 수 있다는 기쁜 마음으로 아파트에 들어선다.

초인종을 누른다. 거의 며느리가 문을 열어 준다. 며느리는 내가 출근하면 바로 외출한다. 할머니 혼자 계시는 날도 있었다. 연세는 99세. 걸음을 잘 걷지 못하지만 지팡이로 부축하면 이동에 무리는 없다. 먼 길 가는 것이 아니라 아파트 산책 정도는 힘들이지 않고 할 수 있다. 몇 년 전 병원에서 다리 수술을 하고 고향으로 가지 못하고 딸네 집에서 살았다고 한다. 딸이 한 오 년 모시다가 나만 자식이냐, 오빠들도 좀 모셔라. 하면서 막내아들 내외와 함께 산다고 하셨다.

"내가 있으니 저들 마음대로 외출할 수 있나. 어디를 가자고 해도 내가 잘 가지 못하니 저들끼리 갔다 오지도 못하고 내가 짐 덩어리지. 그래서 자식들이 하자는 대로 여기로 왔어. 그래도 아들 집이라 생각하니 마음이 든든하네. 우리 며느리 참 잘해. 그만하면 되지 얼마나 해."라고 한다. 당신의 주장과 생각보다는 자식 입장을 먼저 헤아리는 할머니의 넓은 마음이 보였다.

내가 출근해서 할머니의 늦은 아침을 챙겨 드린다. 가져간 미역국을 데워서 냉장고에 있는 반찬을 꺼낸다. 어른이 계시면 국이 늘 있어야 하지만, 냉장고에 국은 보이지 않았다. 집에서 미역국이나 된장국을 끓이면 조금씩 담아서 갖다 드렸다. 솜씨가 없었지만, 할머니는 맛있게 드셨다.

아파트 단지 내에 주간 돌봄 센터가 있지만, 연세가 많아서 입소가 되지 않는다고 했다. 어르신을 한 번 뵙고 결정했으면 될 텐데…. 거동할 수 있고, 인지가 좋은 어르신을 연세가 많다는 이유로 입소시키지 않는 것은 안타까운 일이었다. 그 덕분에 내가 할머니를 만나는 행운이 있었지만, 말벗도 없이 집안에서 혼자 계시면 얼마나 적적하실까?

어느 자식이 그 부모 마음을 헤아릴 수 있을까. 어쩌다 시간 있으면 얼굴 한 번 삐죽 내밀면 자기 할 일 다 했다. 생각하지 않을까. 나 역시 그렇다. 부모님이 시골 계시니 가끔 전화 한 통 드리는 것이 전부다. 내 살기 바쁘다고 얼굴을 자주 뵙지 못하고 통장에 용돈 쥐꼬리만큼 보냈다. 형편이 될 때는 과일이나 고기 조금 사서 보낼 뿐이다. 그래도 그 자식 미안해할까. 늘 나는 괜찮다. 나는 괜찮다 너희나 잘 살아라. 하는 것이 부모의 마음인 것 같다.

일주일에 세 번 내가 가는 날은 철커덕 철문이 열리는 날이다. 식사를 마치고 할머니와 함께 아파트 단지를 산책하고 꽃구경한다. 4월. 단지 안의 개나리가 노란 입을 벌린다. 하얀 목련도 수줍은 듯 고개를 살짝 숙인다. 물 마른 인공 호수 주변에는 소나무가 자리 잡고 있다. 호수 바닥에 맑은 물이 채워졌다. 물가 나무 의자에 앉아서 집에서 가져간 고구마와 물을 꺼낸다. 귀찮은데 또 가져왔느냐고 핀잔하지만, 할머니의 얼굴은 환해진다. 고구마를 먹으면서 도란도란 이야기를 나눈다. 어쩌다 산책하는 어르신을 만나면 서로 인사를 나누기도 한다. 처음에는 쑥스러워하지만, 한쪽에서 말문을 트면 금방 오랜 친구처럼 이야기를 나누기도 하셨다. 할머니 친구 이야기, 이웃집 이야기, 조상 산소 이야기를 마치면 할머니의 눈가에는 어느새 이슬이 촉촉하다. 할머니 주름 속에는 굽이굽이 세월의 흔적이 묻어 있다. 한참 이야기를 나누고 자리에서 일어나면 한 손에는 지팡이를 짚고 다른 한 손은 내가 잡고 걷는다. 지팡이만 의지하고 걸으니, 힘이 든다며 쉬어가자고 하신다.

고향에서는 실버카를 밀고 다니면 내가 어디까지도 갈 수가 있는데 아들이 등이 굽는다고 실버카를 치워 버렸다고 한다. 100세 노인이 등이 굽으면 얼마나 굽을까. 실버카에 의지해서 걸을 수 있다면 드려야 한다. 혼자서 생각하는 지나친 효도는 하지 않은 것보다 못 하다는 생각이 들었다. 보호자에게 실버카를 드리라고 말해볼까 생각하다가 주제넘은 일인 것 같아서 그만두었다. 보호자와 요양보호사 사이에 친밀감이 형성되고 허심탄회한 이야기를 나눌 수 있을 때까지는 약간의 시간이 지나야 한다. 모든 일에는 때가 있다. 보호자 나름대로 생각이 있겠지. 제대로 된 효도는 부모님과 마음 터놓고 이야기를 나눌 수 있어야 한다. 아이를 사랑한다면 아이의 눈높이에 맞는 대화를 하듯 부모를 존경한다면 부모의 눈높이에 맞는 대화를 할 수 있어야 한다. 나 스스로 돌아본다. 부모님의 마음은 읽지 못하고 내가 하고 싶은 것으로만 챙겨 드리지나 않앉을까 때늦은 후회가 밀려온다. 나이가 들어도 부모도 생각과 감정이 있다. 자식이 힘들어할까. 그 마음 전부를 내보이지 않는 것을 어느 자식이 헤아릴 수 있을까.

"이제 이 나이에 자식들이 하라는 대로 해야 저들이 편하지 내가 얼마나 살겠다고 자식 애먹이면 되겠어." 하시며 할머니는 애써 당신의 마음은 감추고 계신다.

주 3일 근무 중 하루는 목욕하는 날이다. 할머니의 자그마한 체구로 9남매를 키운 세월의 흔적이 묻어 있다. 젊은 날 성성하던 몸은 세월 속에 묻혀 녹아지는 비누처럼 점점 작아진 것 같았다. 목욕할 때는 딸이 되어 엄마를 씻어 드리는 마음으로 정성을 다했다. 비누칠하면서 세월의 흔적을 지워 드리고 싶었다. 몸을 닦고 옷을 갈아입고 나면 여동생에게 전화한다.

"어~이 동상 잘 있었는가~ 나, 방금 목욕하고 나왔어. 동상은 시방 뭐 하는가." 언니의 활기찬 목소리가 집안에 울려 퍼진다. 손바닥 안의 구형 폴더폰은 세상과 소통하는 유일한 통로다. 현관문을 열 수 없고 밖으로 나갈 수 없지만, 할머니가 손에 들고 있는 구형 전화기는 세상과 만나는 하나밖에 없는 길이었다.

할머니와 주 3일의 짧은 만남이었다. 만나면 헤어짐이 회자정리다. 집 가까이에 일자리가 생겨 그만두게 되었다는 말씀을 얼마 동안 드리지 못했다. 며느리는 어머니가 많이 섭섭해하실 것 같다면서 나에게 직접 말씀드리라고 했다. 차일피일 미루다가 마지막 근무 날이 되었다. 산책하면서 다음에는 오지 못한다고 말씀드렸다. 인간의 감정은 누군가를 만날 때와 헤어질 때 가장 순수하며 가장 빛난다고 했다. 모름지기 사람은 떠날 때 뒷모습이 아름다워야 한다. 할머니께 비친 나의 뒷모습은 어떤 모습이었을까. 언제 다시 만날꼬. 언제 또 만날꼬. 아쉬워하시며 내 손을 잡고 눈시울을 적시던 모습이 눈에 선하다. 부디 오래오래 건강하시길 빌었다. 내가 본 할머니의 뒷모습은 창살 없는 감옥의 찬밥 신세로 비친다.

2

눈물이 핑 돌았다

딸과 어머니가 작은 강아지 한 마리 데리고 사는 댁이었다. 처음 가는 날. 아파트 문을 열자, 나를 보고 짖어대는 강아지 소리에 귀가 찢어질 듯했다. 정신이 하나도 없었다. 센터장이 강아지가 있는데 괜찮겠느냐고 물었을 때 경험이 없는 나는 관계없다고 한 말이 후회되었다. 강아지가 있는 집에 괜히 왔나, 하는 생각이 들 정도였다. 방 두 칸 주방 거실 작은 베란다가 있어서 청소는 그렇게 힘들 것 같지 않았다. 그러나 강아지 털이 계속 날렸다. 하루만 청소하지 않아도 강아지 털이 수북이 쌓였다. 살아 있는 강아지는 잠시도 가만 있지 않고 이리저리 움직이며 발자국과 털을 날린다. 출근하면 청소하고 3시간 근무 후 퇴근 전 다시 청소해야 할 정도였다.

기계치인 나는 중고 세탁기 돌리는 것이 두려웠다. 혹시 사용하다가 고장이라도 나면 입장이 곤란해지기 때문이다. 다행히 여름이라 환자가 벗어 내는 옷은 얇고 가벼웠다. 목욕탕에 들어가서 빨래를 담근다. 피가 묻은 옷이라 세탁비누로 쉽게 지워지지 않는다. 세탁용 과산화수소에 담그고 설거지한다. 씻어야 할 그릇이 싱크대에 산더미처럼 쌓였다. 환자를 위해서 음식을 만든 조리 기구들이 설거지 대부분을 차지했다. 설거지가 끝난 그릇은 제자리에 정리 정돈을 해야 한다. 낯선 부엌에 그릇을 챙겨 넣는 것은 무엇이 어디에 있는지 재빠르게 파악해야 한다. 집에서도 부엌살림은 대충했다. 그 시간에 다른 일 하는 것이 효율적이라는 생각이었다. 설거지를 다 했지만, 가스레인지를 닦지 않았다고 잔소리를 듣기도 했다. 평소 내 부엌일을 제대로 하지 못해서 내 일처럼 한다고 했지만, 막냇동생 나이보다 어린 보호자에게 미안하다고 했다.

물에 담가 둔 빨래를 하기 위해 다리를 둥둥 걷어 올리고 목욕탕 미니 의자에 앉는다. 세탁비누로 문질러 치대고 헹군다. 물이 잘 빠지는 날은 다행인데 하수구가 자주 막혔다. 막힌 곳의 찌꺼기 대부분 강아지 털이다. 원인은 강아지 털이지만 내가 일하다가 막히면 내 잘못 같은 생각이 들었다. 어쩌면 내 마음도 저 하수구처럼 꽉 막힌 것 아닐까. 감정의 찌꺼기들이 남아서 생각을 제대로 못 할 수도 있을 것이다. 하수구 물이 내려가지 않으면 하던 빨래를 베란다에 있는 세탁기로 옮긴다. 목욕탕에서 거실을 지나 베란다로 나가야 한다. 젖은 빨래를 옮기려면 허리가 아프고 힘이 들었지만 어쩔 수 없는 상황이다. 조심해서 세탁기 버튼을 누른다. 세탁기가 돌아가는 동안 청소를 한다. TV 위, 아래 평소 손이 닿지 않는 곳까지 쓸고 닦는다. 손이 가지 못한 곳은 강아지 털이 수북하게 쌓여 있다. 말끔하게 닦아 내지만, 강아지 털은 끝도 없이 나를 괴롭혔다. 세탁기가 한 차례 돌고 난 후, 정신을 집중하고 있어야 한다. 헹굴 때 나오는 물로 베란다 청소를 해야 하기 때문이다. 강아지는 베란다에서 대소변을 처리했다. 매일 청소해야 한다. 어쩌다 빨래하지 않는 날은 물을 받아 가서 청소했다. 보호자가 강아지똥을 치웠다. 그러나 보호자가 바빠서 강아지똥을 치우지 못하고 외출하는 날은 내가 치워야 했다. 개똥 치우는 요양보호사는 아니지만, 상황에 따라서는 어쩔 수 없는 일이다. 일일이 이야기하고 따질 수는 없었다. 보호자도 모친이 편찮으니 혼자서 힘든데 서로 위로하며 살아야 할 형편이다. 치매약 드시지 않는 어르신 병세는 급작스럽게 악화되었다. 많이 힘들었다. 이런저런 핑계로 그만둘 수도 있었다. 그렇다고 근무를 그만두는 것은 인간의 도리가 아니라는 생각을 했다. 어떻게 하는 것이 현명한 대처라는 정답은 없지만 돌아보면 그 힘든 시간 잘 참고 견뎠다는 생각이 든다. 이런저런 핑계로 그만둘 수 있었지만, 돌아가실 때까지 근무했다. 융통성 없는 성격으로 내 몸 좀 아끼자고 다른 일자리를 찾는 약아빠진 짓은 하고 싶지 않았다.

"당신 왜 왔어. 나 같으면 안 온다. 우리 집 빼앗으러 왔지!"

오늘도 시작이다. 치매 감옥으로 잡혀 들어가야 한다. 앞으로 세 시간 어떻게 버텨야 하나. 숨이 턱 막힌다. 손을 잡고 걸어야 하지만 잡은 손도 뿌리치고 혼자 걸어간다. 기운 없는 걸음걸이가 곧 넘어질 것처럼 허우적거린다. 위태로워 보인다.

5월의 신록은 햇빛에 반짝이며 자태를 뽐내고 있었다. 나 좀 봐라, 너는 요양보호사라면서 뭐 했니. 손가락질하며 나무라는 소리가 들린다. 내 모습이 더 초라해진다. 치매 어른 한 분 제대로 모시지 못한다는 자책감이 들었다. 화장실을 가고 싶다고 한다. 아뿔싸! 집에서 미리 화장실에 다녀오는 것을 깜박했다. 시간마다 철저하게 체크하고 대비하지 못한 나의 실수였다. 잠시도 마음을 놓지 못한다. 공원에는 화장실이 없으니, 집으로 가자고 했다. 집까지 갈 수 없다고 한다. 이미 엎질러진 물이다. 혼자 철쭉나무 사이로 들어가서 옷을 내린다. 얼른 따라 들어가서 입고 있던 얇은 잠바를 벗어 어르신을 가렸다. 지나가는 사람이 없어서 그나마 다행이었다. "휴" 안도의 한숨이 나왔다. 어르신을 모시는 것은 나이 든 아이를 돌본다고 생각해야 한다. 잠시도 방심할 수가 없다.

처음에는 공원을 열 바퀴 정도 돌고 집으로 갔다. 차츰 병세가

심해졌다. 내가 몇 바퀴 돌았다고 말하면, 나에게 거짓말도 잘한다면서 곧이듣지 않았다. 그러면서 내일부터 우리 집에 오지 말라고 한다. 정신없는 어르신을 모시려면 나도 정신이 없으면 좀 수월하지 않았을까 생각했을 정도다. 새겨들을 필요가 없는 말은 바로 듣지 않아야 했다. 가슴에 담지 말아야 하는 말들을 버리지 못했다. "우리 집 뺏으러 왔지.", "우리 아들이 경찰이다.", "내 같으면 일하러 안온다."

요양보호사 교육을 받을 때 치매에 대해서 이론으로 배운 것이 전부였다. 공단에서 하는 치매 교육은 선임들이 많아서 언감생심 꿈도 꾸지 못했다. 나름 중앙치매센터 앱을 통해서 혼자서 공부할 수밖에 없는 상황이었다. 시간이 날 때마다 혼자서 공부했지만 크게 도움 되지는 않았다. 치매 증세는 사람마다 상황마다 다르기 때문이다. 내가 적용할 수 있는 것은 거의 없었다. 하루하루가 막막했다. 그 댁으로 출근해야 할 때가 되면 다른 곳으로 멀리 도망치고 싶었다. 센터장과 상담했다. "선생님 밀고 당기기를 잘해야 해. 선생님 몸은 스스로 보호해야 해." 평소에 밀당 하면서 살지 못했고 스스로 몸을 보호하며 살지도 못했다. 우직하게 황소처럼 뚜벅뚜벅 걸어온 것밖에 없다. 어제의 선택이 오늘의 결과다. 지혜롭고 현명한 대처보다는 바쁘게만 살아온 내 모습을 만났다.

별다른 일이 없으면 거의 근무 시간에 전화 통화를 하지 않는다. 그날은 보호자가 외출하고 퇴근 시간 될 때까지 청소와 빨래 설거지를 했다 잠시 쉬는 시간이라는 생각으로 전화하고 있었다. 마침 외출하고 돌아온 보호자와 마주쳤다. 얼른 끊었으면 될 텐데. 그날따라 통화가 길어졌다. "일을 하나도 하지 않았구먼." 문을 열고 들어오면서 다짜고짜 소리를 쳤다. 당장 때려치우고 싶었다. 나는 고용된 사람이고 지금은 근무 시간이다. 3시간 내내 일을 할 수는 없지 않은가. 잠시 쉬면서 전화 통화를 할 수도 있지만 내가 일하는 것을 보지 못한 보호자는 그렇게 말할 수 있을 것 같았다.

그날 퇴근 시간은 한 걸음이 천 리를 가는 것 같았다. 3시간 내내 일하고 잠시 쉬는 시간에 전화했는데 말을 그렇게 함부로 할 수 있을까. 자기도 엄마 때문에 받은 스트레스를 나에게 풀었겠지. 언니처럼 너그럽게 받아주자. 생각하면서도 센터에 내일부터 그만 두겠다고 말해 버릴까. 갈등이 일어났다. 머리가 복잡하다. 몸이 천근만근 되는 것 같았다. 하늘을 올려봤다. 시커먼 먹구름은 금방이라도 소나기가 쏟아질 것 같다. 어두운 하늘처럼 가슴이 답답한 하루였다. 내가 왜 이러고 있지. 나도 모르게 눈물이 핑 돌았다.

3

진심으로 부모를
헤아리는 마음

할아버지가 사라졌다. 집안 어느 곳에도 보이지 않았다. 여기저기 문을 열고 불러도 대답이 없다. 할머니와 집안 식구들은 거실에 모여 발만 굴렀다. 가슴이 덜컹 내려앉았다. 도대체 어디를 가셨는가. 현관으로 쫓아갔다. 현관에서 신는 실내화가 없다. 혼자서 밖으로 나가신 것이다. 도우미는 경비실에 연락하고 나는 할아버지를 찾기 위해 아파트 주변 여기저기를 뛰어다녔다. 할아버지 모습은 보이지 않았다. 별의별 생각이 다 났다. 큰일 났다. 거동이 불편하여 외출할 때는 휠체어를 이용하시는데, 도대체 어디로 가신 것일까. 불길한 생각도 들었다. 큰일이 날 것만 같았다. 방정맞은 생각은 꼬리에 꼬리를 물었다. 혹시 납치되어 어디로 끌려가신 것은 아니겠지. 아파트 주변을 아무리 돌아다녀도 할아버지 모습은 보이지 않았다. 붙잡고 물을 사람도 없고 아파트를 몇 바퀴 돌았던 것 같다. 정신도 없고 맥이 빠졌다. 힘이 없어 축 늘어질 것 같았다. 그때 전화벨이 울렸다. 가슴이 쿵 내려앉는 것 같았다. 손에서 진땀이 났다. 마음을 진정하고 전화를 받았다.

"선생님 아버님 집에 오셨어. 어디 있어요. 빨리 오세요."

전화를 끊고 부리나케 엘리베이터로 달려갔다. 25층을 눌렀다. 그날따라 엘리베이터는 달팽이가 기어가는 것처럼 움직였다. 뛰어내려 계단으로 가고 싶은 심정이었다. 현관문을 열고 집안으로 들어섰다. 도우미가 나를 보자고 했다. 할아버지가 호프집 가셔서 맥주를 한잔 드시고 한 병을 사 들고 오셨다고 했다.

마포에 계시는 할아버지를 모셨을 때 일이다. 할아버지는 맥주를 엄청 좋아하셨다. 그 사건 이후로 할아버지는 가지고 있던 카드는 보호자에게 맡겨졌고 더 이상 혼자 집 밖을 나갈 수가 없었다. 그야말로 창살 없는 감옥에 갇힌 것이다. 도우미의 결정에 보호자는 따를 수밖에 없는 상황이었다. 도우미는 할아버지와 함께 생활하고 보호자는 따로 살기 때문이었다. 할아버지가 세상을 만날 수 있는 날은 병원 가는 날과 두 달에 한 번 정도 남성미용실에 가서 머리 자를 때뿐이었다. 어르신을 보호한다는 명목으로 집안에만 계시도록 하는 것이 맞을까. 아버지가 좋아하는 맥주 한잔하면서 이야기 나눌 자식들은 다 어디 갔을까? 우리 아버지는 연세가 많아서 말이 통하지 않는다고 치부해 버린 것일까? 당뇨와 고혈압 때문에 술을 드시면 안 된다고 생각한 것일까? 아버지가 맥주를 좋아하신다는 것은 잊어버리고 백 세 노인이 무슨 맥주냐며 애써 외면하는 것일까? 머리가 복잡하다. 무조건 집에만 계시도록 하고 만일의 경우 대비해서 치매 노인 팔찌 채우면 자식의 할 일을 끝냈다고 할 수 있나. 호프집까지 가실 기력이 있고 드시고 싶은 욕구가 있으니 맥주 한잔할 수 있었을 것이다. 그때 드신 맥주 한잔은 지금까지 할아버지가 드신 어느 술보다 시원한 한잔이 되지 않았을까. 함께 가지는 못하지만 못 가게 막는 것은 어르신을 창살 없는 감옥으로 밀어 넣는 격이다. 물론 밖에 나가서 다치거나 사고가 나면 더 힘들고 어려운 상황이 될 수도 있다. 그러나 일주일에 한 번 그것도 어려우면 한 달에 한 번 아버지를 모시고 맥주 한잔할 여유는 없을까? 이미 우리 아버지는 늙어서 그럴 필요가 없다는 생각은 하지 않았으면 좋겠다. 나이가 들수록 자신감은 없어지고 하지 못하는 것을 당연하게 생각한다. 스스로 행동반경을 좁히고 창살 없는 감옥으로 들어가는 모습이다. 지금 활동하실 수 있는 생활 반경에서 최대한 활동할 수 있도록 해야 한다. 자식들은 무조건 안 된다거나 하지 말라고 하는 것이 아닌 부모님 입장을 헤아릴 줄 아는 자식 된 도리와 마음 씀씀이가 필요하다. 주변 사람 시선 살피지 말고 할 수 있으면 하시도록 해야 한다. 어르신이 힘이 든다, 귀찮다, 못한다 하는 것은 나에게 관심 좀 가져달라는 신호로 생각하자. 무조건 잘하셨다고 잘하고 계신다고 인정과 칭찬해 드리자. 어르신들의 행동반경이 줄어들지 않게 하기 위해서는 어느 정도의 허용과 격려가 필요하다. 살아계신 동안 내 발로 화장실 출입을 할 수 있도록 하려면 지금 생활하시는 행동반경이 더 줄어들지 않도록 해야 할 것이다.

아버지는 아흔을 바라보는 연세다. 여든이 될 때쯤 일이다. 친인척 결혼식이나 문상에는 남동생들이 간다고 했다. 머리 허연 영감이 결혼식장 오면 보기 싫다고 했다. 그때만 해도 딸이 보는 아버지는 허리는 꼿꼿하셨고 걸음걸이도 당당했다. 우리 집만 그런 것일까. 생각해 보니 결혼식장에 웬만해서는 연세 드신 어른을 보지 못한 것 같았다. 그러라고는 하셨지만, 아버지의 속마음은 얼마나 섭섭하셨을까. 겉으로 표현은 하지 않으셨지만 이제 나도 다 되었다고 생각하셨을 것 같다. 나이가 들수록 존경과 대우를 받아야 하는데 우리는 왜 이렇게 결혼식장도 못 가게 하는 것일까? 남들 눈을 너무 의식하는 것은 아닐까. 늙었다는 이유로 아버지를 뒷방 늙은이 취급하는 모습이 마음 아프다. 머리가 백발이 되고 걸음걸이가 불편하다는 이유로 아버지의 동선을 막을 수는 없다. 아버지는 여전히 가까이 있는 채소밭에서 소일하신다. 얼마 전에는 지난가을에 심어서 키운 마늘과 양파를 자식들에게 보냈다. 시장에서 사는 것보다 못 생겨 볼품이 없지만, 아버지를 만나는 듯하여 반가웠다. 텃밭에 키우는 채소는 아버지의 살아 있는 말동무들이다. 세상의 어느 자식 어느 친구보다 소중한 아버지의 벗이고 친구들이다. 하루하루 자라는 것을 보면 재미난다고 하셨다. 상추 씨앗을 뿌리고, 물을 주고 키운다. 고구마, 오이, 토마토, 참외, 고추를 심었다고 했다. 가을이 되면 양파와 마늘을 심는다. 아버지는 땅에다 꿈을 심고, 키우며 세상을 만난다. 매일 들여다보며 잡초도 뽑아주고, 벌레도 잡고 비가 오지 않을 때는 가까이 우물에서 물을 길어주며 공을 들인다. 사람은 움직여야 한다. 들에서 일할 때 시간이 더 잘 간다고 하시며, 시간만 있으면 채소밭으로 가신다. 아버지 곁에서 늘 친구가 되어 주는 농작물보다 내가 못한 것 같은 생각에 고개가 저절로 숙여진다.

십 년 전쯤 일이다. 경북농업기술원 정보화 농업인대회에서 ICT 활용 부문 최우수상을 받고 30분 정도 사례발표를 하게 되었다. 학원이나 계속하지 쓸데없이 돈 안 되는 농사짓고 고생만 한다고 부모님은 늘 내 걱정을 했다. 부모님께 자랑하고 싶었다. 훌륭한 딸로 부모님께 인정받고 싶었다. 아침 일찍 부모님을 스타렉스에 모시고 경북농업기술원으로 갔다. 명찰 하나씩 만들어서 목에 걸어드렸다. 무대가 잘 보이는 자리로 두 분을 함께 모셨다. 내 순서가되어 무대로 올라갔다. 지금 생각하면 웃음이 난다. 발표를 시작하기 전 부모님이 오셨다고 말하고 자리에서 정보화 농업인들에게인사를 하시도록 했다. 내가 열심히 해서 상은 받았지만, 부모님이계셔서 내가 여기까지 올 수 있었다고 했다. 여러분도 상 받을 일이 있으면 부모님 모시고 가서 상을 받으면 좋겠다고 주제넘은 말도 한마디 했다. 행사를 마치고 농업인들의 인사를 받는 아버지의환한 표정은 지금도 잊을 수가 없다. 집으로 돌아오는 길 포항에서아버지가 좋아하시는 오리불고기를 먹었다. 소주를 한 잔 하신 아버지의 어깨는 활짝 펴졌다. 흡족해하시는 얼굴은 지금도 선명하게 기억난다. 평소에 칭찬하는 말을 잘 하지 않았다. "고맙다. 우리딸 장하다." 그날 아버지께 들은 짧은 한마디가 지금도 생생하게들리는 듯하다. 모처럼 자랑스러운 딸이 된 것 같았다.

10년 전보다 생활반경이 많이 줄어드신 것이 느껴진다. 이제는서울도 못 오시고 집에서 게이트볼 가는 것이 생활이고 유일한 낙이다. 가끔 포항 병원에 약 받으러 가시는 것이 움직이는 범위의전부다. 아버지의 생활반경 언제부터 누가 이렇게 좁혔을까. 가슴이 먹먹하다. 함께 하지 못해 늘 마음만 무겁다. 〈너 늙어 봤냐 나

는 젊어 봤단다〉 서유석의 노래가 귓가에 맴돈다. 아파 본 사람만
이 아픈 사람 심정을 알 수 있다. 연로하신 부모님의 심정을 헤아
릴 길이 없다. 점점 작아지는 아버지의 등과 어깨를 언제 한 번 제
대로 펴 드릴 수 있을까. 서산에 걸린 붉은 노을만 하염없이 쳐다
본다.

4

당신만 포기하지 않는다면

살아오면서 힘들고 어려울 때는 포기하고 싶은 적도 더러 있었다. 포기란 배추를 셀 때 쓰는 말이라 생각하면 피식 웃음이 나온다. 요양보호사가 되면서 내가 먼저 할 수 있다는 자신감으로 당당하게 살고, 어르신께 용기와 자신감을 전해 드리고 싶었다. 내 생각과는 반대로 미리 포기하고 사는 어르신이 대부분이라는 사실을 깨달았다. 겉모습이 늙었다고 마음까지 늙은 것은 아닌데 여러 어르신을 만나다 보면 의욕적으로 사는 분들을 찾아보기 힘들 정도였다. 잘하신다고 말씀드리면 '잘하긴 뭘 잘해, 나는 못해'라고 하신다. 아침에 모실 때 "우리 어르신 멋쟁이입니다. 옷이 너무 멋있어요." 하면 "멋쟁이는 무슨 멋쟁이고 멋쟁이 씨가 말랐는 갑다." 하신다. 좋으면서 표현은 늘 반대로 하신다. 이제는 하시는 말씀을 반대로 이해할 정도는 된 것 같다. 이 나이에 내가 뭘 한다고 하시며 미리 포기하시는 분들이 대다수였다. 그나마 부부가 함께 생활할 때는 서로가 서로에게 의지가 되었다. 주로 혼자라고 생각할 때 미리 포기하는 경우가 많았다.

비행기 할아버지를 만났을 때 일이다. 소변 줄을 차고 계시기에 어떻게 해야 소변 줄을 뗄 수 있을까 생각했다. 미리 말씀드렸다. "저는 어르신을 돕기 위해 온 사람입니다. 힘들어도 제가 하자는 대로 하시면 어르신께 도움이 되도록 하겠습니다. 돌아가실 동안 화장실은 내 발로 가셔야 하지 않겠습니까." 할아버지는 고개를 크게 끄덕이셨다. 외출을 못 하시니 집안에서 보행기로 걸었다. 집이 넓어서 거실과 주방을 운동장처럼 바퀴 수를 헤아리며 걸을 수 있었다. 수시로 스트레칭도 하면서 몸을 움직이도록 했다. 한 번에 많이 하지 못하고 매일 조금씩 시간과 횟수를 늘렸다. 처음 며칠 동안은 다섯 바퀴씩 돌았다. 두 바퀴씩 두 번 마지막은 한 바퀴로 마쳤다. 그다음 주는 열 바퀴를 목표로 두세 바퀴씩 나누어 돌았다. 한 달이 될 즈음 한 번에 열 바퀴 돌아도 무리가 되지 않았다. 열 바퀴씩 세 번 서른 바퀴를 돌게 되었다. 동요를 부르기도 하고 그날 상황에 따라 음악을 틀어 드리기도 했다. 처음 걷기를 시작할 때는 성인용 보행기가 하나밖에 없었다. 평소 이동에 전혀 불편이 없던 경도 인지장애등급 할머니는 '나는 뭘 잡고 다니냐' 하시며 할아버지 보행기를 뒤에서 잡고 걸었다. 보행기 하나로 두 분이 걷는 것은 어려웠다. 보통 할아버지 같으면 화를 내실 법도 한데 인지가 있으신 할아버지는 할머니가 뒤에서 밀어도 잠자코 걸으셨다. 보호자께 말씀드려 똑같은 것을 하나 더 구했다. 며칠을 기다려 새 보행기가 오던 날 내가 새 차를 산 것처럼 기뻤다. 얼른 조립해서 두 분이 함께 걸을 수 있도록 했다. 할아버지가 선두에 가시고 할머니가 그 뒤를 따라다녔다. 내가 맨 뒤에서 '누죽걸산'이라고 하면 귀가 약간 어두운 할아버지는 별로 반응이 없었다. 할머니는 '누죽걸산'이라고 큰소리로 따라 하셨다. '누죽걸산'은 누우면 죽고 걸으면 산다는 뜻이다. 할머니는 내가 근무하는 동안 다른 것은 기억을 못 하셔도 누죽걸산을 끝까지 잊지 않으셨다. 종일 누워만 계시던 어르신이 느린 걸음으로 천천히 걸었다. 〈빨간 마후라〉를 틀어 드리면 할아버지의 발걸음이 달라지는 듯했다. 역시 공군 대령의 추억을 소환하는 노래가 되었다. 기분이 좋은 날은 두 분이 함께 노래를 따라 하기도 했다. 할머니도 할아버지를 따라 걸음걸이가 힘이 있어 보였다. 두 분이 좋아하시는 〈빨간 마후라〉와 〈아빠의 청춘〉을 연속 재생하여 즐거운 걷기가 되도록 했다. 간혹 보호자가 다니러 올 때가 있었다. 넓은 거실에 어르신 두 분이 보행기로 걷는 모습을 보고 어리둥절하며 신기한 눈으로 쳐다봤다. 멀뚱히 보고만 있는 보호자에게 응원을 부탁했다.

"보고만 있지 말고 응원 좀 해주세요." 갑작스러운 나의 요청에 보호자는 당황하는 모습이었다. 당황하는 보호자보다는 어르신께 동기부여와 칭찬이 중요하다는 생각만 했다. 황당해하는 보호자가 어색한 동작으로 팔을 들고 파이팅을 외쳤다. 두 분은 보호자의 응원에 입이 귀에 걸렸다. 보호자의 파이팅 한마디는 어르신께 용기와 의욕을 북돋웠다.

사람은 누구든지 인정받고 싶은 욕구가 있다. 어르신이라고 예외가 아니다. 어쩌면 더 인정하고 칭찬해 드려야 한다. 꾸준히 걷기를 하면서 누워 계실 때보다는 걷는 모습에서 다리의 힘을 느낄수 있었다. 마음 같아서는 집 가까이 있는 공원 산책이라도 다녀오고 싶었지만, 혼자서 결정할 수 없는 일이었다. 할아버지 건강상태가 조금씩 양호해졌다. 몸이 불편하지 않으시면 무엇이든지 할 수 있을 것 같은 의욕을 보였다. 한 달에 한 번 아파트 원로들의 점심식사 모임에도 참석하셨다. 물론 돌아오실 때는 휠체어로 내가 모시러 갔다. 처음 뵐 때 소변 줄을 달고 계시던 모습과 비교하면 감사한 일이다. 다녀오시면 얼굴이 환해지고 기분이 좋아 보였다. 두 분은 나이가 드셨음에도 참 다정했다. 한 분이 어디를 가면 잠시도 못 참고 찾았다. 할머니가 미용실에 가면 할아버지가 할머니를 찾았고, 할아버지가 병원에 가면 할머니가 할아버지를 찾았다. 내 눈에는 두 분이 부부지만, 사이좋은 친구도 되고 정다운 동료가 되는 듯했다. 두 분은 늘 함께 계셨다. 친구 같은 부부가 늙어가는 모습이 보기 좋았다. 나이가 드는 것이 아니라 익어가는 것이라는 노래 가사가 생각난다. 서로가 서로에게 힘이 되어 주는 모습이 아름답게 느껴졌다.

나이 60인 내가 줌을 통해 공부하고 책을 쓴다고 하면 친구들은 "지금, 이 나이에 뭘 그러느냐?", "지금 책 써서 뭐 할 거냐." 하며 핀잔한다. 친구들에게 말한다. 백 년을 산다고 보면 이제 겨우 반 조금 더 온 시간이다. 앞으로 30~40년 살아가는 준비는 배움밖에 없다고 자신 있게 말한다. 어떤 이는 지금까지 살아온 경험으로 콘텐츠를 만들라고 한다. 나의 경험이 새로운 콘텐츠가 되기 위해서는 새로운 도구와 툴을 다룰 줄 알아야 했다. 모르면 무조건 배워야 한다. 젊은 사람들처럼 금방 못하더라도 계속해서 배워야 새로운 시대 미리 포기하지 않고 살아갈 수 있다. 디지털로 점점 바뀌는 세상에서 나는 어떻게 해야 창살 없는 감옥에서 탈출할 수 있을까. 생각해 본다. 어르신만 창살 없는 감옥에 갇힌 것이 아니다. 디지털 시대 따라가지 못하면 내가 창살 없는 감옥에 갇힌 것이다. 어쩌면 책을 읽으면서 창살 없는 감옥에서 탈출할 수 있을지도 모르겠다.

나는 뽀빠이 이상용 아저씨를 좋아한다. 매일 새벽 아령을 들고 바쁜 일정 중에서도 매달 책을 70~80권 읽는다고 했다. 스스로 몸 관리를 하고 책을 읽는 모습이 존경스럽다.

여든이 된 뽀빠이 아저씨는 무대에서도 당당하고 자신 있는 모습이다. 목소리는 젊은이 못지않게 우렁차다.

"어제 죽은 재벌은 오늘 아침 라면도 한 그릇 못 먹어. 살아 있다는 것이 감사한 거야. 살아 있는 것이 이긴 거야. 살아 있음에 감사하고 웃으면서 재미있게 살아."

"여러분! 포기가 뭔지 알아 배추 셀 때 쓰는 단위야!"

"나이 들었다고 기죽지 마! 자신 있게 살아 당당하게 살아."

가끔 비행기 할아버지께 뽀빠이 아저씨의 말을 전해 드린다. 고개를 끄덕이신다.

나는 말한다. 당신만 포기하지 않는다면 뭐든 다 이룰 수 있다고.

몸이 불편한 어르신들을 모시면서 주어진 하루에 감사한다. 나의 소임을 다할 수 있음에 감사하다. 창살 없는 감옥에서도 건강하고 즐겁고 행복하시길 빌어 본다.

5

멀어지는 기억 저편

"여기 전부 물이다."

"온 집이 물바다구먼."

출근하니 할머니의 목소리가 들린다. 보호자는 옆에서 지켜만 보고 있다. 온 집안에 물이라고 바지를 걷어 올리고 물 위를 걷듯이 걸음을 철벅거린다. 내 눈에는 보이지 않는데 할머니 눈에만 보이는 환시증상이다. '어떻게 해야 하나.' 잠시 생각했다. 처음 당하는 일이라 당황스러웠다. 주변을 둘러보는데, 수건이 눈에 띄었다. 얼른 수건을 가져다가 할머니가 보는 앞에서 바닥을 문질렀다. 그리고 마른 수건을 손으로 만져보게 했다. 고개를 갸우뚱했다. 바닥에 물을 닦았으면 수건이 젖어야 하는데 수건은 물 한 방울 묻지 않았기 때문이다. 물을 한 컵 드리고 마음을 좀 안정하도록 했다.

어젯밤에는 온 집에 비가 새서 잠을 한숨도 못 잤다고 하소연한다.

"아이고! 저런 고생하셨겠네요. 잠시 눈 좀 붙이세요." 기력이 약한 할머니를 침대에 뉘어 드렸다. 할머니의 기억 저편을 잡을 수는 없을까. 생각하며 안방을 나왔다.

처음 할머니를 만났을 때. 저 정도는 아니었는데…. 할머니께 최선을 다했지만, 의사도 아닌 요양보호사가 하루 세 시간 근무로 얼마나 도울 수 있었을까. 매일 짧게 하는 인지 훈련이 전부다. 세월 앞에 장사 없다는 말이 생각난다. 점점 멀어지는 기억 속에 환시와 환청증상을 가끔 보였다. 우리 눈에는 보이지 않지만, 본인의 눈에만 보이고 귀에만 들리는 현상이다. 침대 밑에 검은 물체가 보인다고 얼른 치우라고 야단이다. 저런 게 집안에 들어오면 안 된다고 한다. 내 눈에는 보이지 않지만, 치우는 척이라도 해야 한다. 이게 왜 여기 있냐고 말하면서 얼른 나가라고 헛손질한다. 한참 헛손질하다가 이제 없어졌느냐고 묻고 없어졌다고 하면 일단 마무리가 된다. 오지도 않은 김 사장이 왔는데 점심을 먹여 보내지 않았다고 큰일 났다고도 한다. 어머니 편찮다고 오셨다가 밖에서 점심 드신다. 하고 가셨어요. 할머니 말을 수긍하면서 하얀 거짓말로 안심 시켜드렸다. 증상이 심할 때는 괴물이 나타났는데 총이 없어서 쏠 수가 없다고 한다. 평소에 성격이 차분하고 현모양처형인 할머니가 총을 쏜다고 하니 이해가 되지 않았다. 급기야 손자의 장난감 총을 보호자가 가져오기도 했다. 장난감 장총을 보고 안심이 되는 얼굴이었다.

걷기를 하다 말고 보행기를 세운다. 실을 감아야 한다면서 소파에 앉았다. 허공에서 손으로 실을 감았다. 내 눈에는 허공에 헛손질로 보이지만, 할머니는 엉킨 실을 신중히 감고 있었다. 감다가 엉킨 것은 풀어야 하는데 내가 밟고 있다고 야단을 쳤다. 얼른 자리를 비켰다. 실을 끝도 없이 감았다. 매듭은 자르는 것이 아니라 푸는 것이다. 할머니 눈에만 보이는 인연의 실이 잘 풀리고 제대로 감아지면 좋겠다. 할머니의 증상은 의사의 알약 하나로 많이 진정되었다. 그러나 자꾸 잠만 주무시게 되는 부작용도 있었다. 나중이 걱정되었지만, 병원에서 처방해 준 약을 드시도록 할 수밖에 없었다.

새로운 댁에 출근했다. 할머니께 인사를 드렸다. 요양보호사라는 말이 길어서 할머니가 쉽게 부르시도록 '간병인'이라고 말씀드렸다. 처음 한 달간은 똑같은 질문을 하셔서 같은 대답을 반복해야 했다. 처음 며칠은 답답하였지만, 어쩔 수 없는 일이다. 물을 때마다, 대답을 해드려야 했다. 본인은 기억나지 않기 때문에 전부 적어야 한다고 하셨다. 문갑 한쪽에는 두꺼운 대학노트가 서른 권은

족히 되어 보였다. 언제부터 쓰셨는지는 몰라도 시간마다 다른 활동을 할 때마다 노트를 찾아 적었다. 노트를 찾지 못하면 신문, 책, 크리스마스카드 등 손에 잡히는 대로 적었다. 심지어 휴지에도 적어 둔 것을 보았다. 노트에 적힌 할머니의 기억이 한 걸음씩 밖으로 걸어 나오고 그 기억을 잡을 수 있었으면 좋으련만.

"이제 걷기 하실 시간입니다. 나오세요." 하면 "그래. 알았어. 잠시만 내가 좀 적고 나갈게." 할아버지를 혼자 걸으시도록 하고 할머니 곁으로 다가간다.

"지금 몇 시야."

"예, 지금 3시 30분입니다."

본인이 직접 시계를 보지만, 잘못 보는 경우도 더러 있었다. 시간부터 적고 내용을 적는다.

"내가 적은 것 읽어 볼 테니 틀린 곳 없나 한 번 봐줘요."

"9월 5일 오후 3시 30분 보행기로 남편과 내가 안방에서부터 주방과 거실 걷기를 하다."

노트에 적은 것을 읽는다. "예 맞아요. 참 잘하셨어요."라고 하면 그제야 할머니의 걷기가 시작된다. 한 바퀴를 더 도는 것이 중요한 것이 아니라, 당신의 뜻을 이해하고 수긍해 주는 것이 중요하다. 칭찬과 격려, 인정은 어르신 자존감 회복에 중요한 부분이다. 두 분과 함께 레크리에이션 시간을 가진다. 인지 활동을 통해 기억력

회복에 조금이라도 도움이 되었으면 하는 마음으로 그날 진행할 내용을 준비하고 시작했다. 처음에는 두 분과 함께 세 사람이 하는 것이 어색했지만, 시간이 갈수록 두 분이 좋아하셨다. 박수의 중요성을 말씀드리고 박수부터 시작한다. 주먹 박수, 계란 박수, 손끝 박수, 손등 박수, 손바닥 박수, 먹보 박수, 팔목 박수의 효과를 설명해 드린다. 주먹 박수는 두통에 좋습니다. 앞으로 머리가 아프면 주먹 박수를 치세요. 계란 박수는 치매, 중풍 예방에 도움이 됩니다. 치매 걸리지 않으려면 계란 박수를 많이 치면 좋겠지요. 손끝 박수는 우리 몸의 모세혈관을 자극해 얼굴과 특히 눈과 비염에 좋습니다. 눈과 코가 좋지 않을 때는 손끝 박수가 효과가 좋습니다. 손등 박수는 척추를 반듯하게 세우는 데 도움이 됩니다. 손바닥 박수는 우리 몸의 오장 육부를 자극해 소화가 잘되도록 합니다. 속이 더부룩하고 소화가 안 될 때는 손바닥으로 박수 치세요. 속이 시원해질 겁니다. 먹보 박수는 심장과 폐에 도움을 줍니다. 팔목 박수는 방광, 요실금, 변비 해결에 도움이 됩니다. 변비가 있을 때 팔목에 자극을 주고 내가 도움 되었던 이야기를 들려 드리기도 했다. 두 손으로 머리 두드리기부터 시작하여 얼굴을 골고루 두드렸다. 『신경 청소 혁명』, 『귀 잡고 병 잡고』를 참고했다. 눈, 코, 입과 볼 주변을 두드리고 귀를 주무르고 귓불을 잡아당기며 전신 자극이 될 수 있도록 했다. 팔과 어깨를 두드리고 복부와 다리를 훑어 내렸다. 한 발을 무릎 위에 올리고 "따르릉 따르릉."을 부르면서 발바닥에 자극도 주었다. 앉아서 팔을 쭉 뻗으며 스트레칭을 하였다. 할머니는 손 유희할 때도 즐거워하시며 적극적으로 참여하셨다. 두 분이 적적하게 계시다가 새로운 활동을 하게 되어 재미있다는 말씀을 자주 하셨다. 근무하는 동안만이라도 두 분이 즐겁고 행복하게 해드리고 싶었다. 퇴근하려고 인사를 드리면

"언제 또 오느냐."

"예 내일 오겠습니다."

"내일 몇 시에 오느냐?"

"1시에 옵니다." 한다. 수월하게 검문이 통과되는 날도 있었고, 어떤 날은 현관까지 따라 나오셔서 묻고 노트에 적었다. "잠깐 기다려요. 내가 적을 동안."이라 하시면 아무리 바빠도 다 적을 동안 기다려야 했다. 검문 시간이 길어지면 다음 근무지 출근이 바빠진다. 나중에는 인사를 드리지 못하고 퇴근하기도 했다. 그때는 시간이 바빠서 어쩔 수 없는 일이었지만, 지금 생각하니 죄송한 마음이 든다.

주간 돌봄 센터 근무할 때 일이다. 직원들은 각자 작은 사물함이 있어서 개인 소지품이나 문구 등을 보관하게 된다. 직원들끼리 전할 물건도 일일이 직접 전하지 못하고 개인 사물함에 넣어둔다. 누

가 주었다는 것을 알면 마주치면서 감사를 표한다. 무심코 사물함 정리를 하다가 낯선 비타민 음료수가 하나 눈에 띄었다. '이걸 누가 주었지?' 동료들에게 물어도 아무도 모른다고 했다. 주인을 알아야 인사를 하지. 주인이 누군지 몰라 혼자 답답했다. 혹시 센터에서 나를 지켜주는 수호천사가 있나. 쓸데없는 망상을 했다. 잠자리에 들어서야 생각이 났다. 보름쯤 전에 원장실 갔다가 주신 것을 보관함에 넣어두고 깜박 잊고 있었다.

 나도 어르신처럼 기억력이 점점 없어지고 있나. 은근히 걱정되었다. 아니다. 잠깐 건망증이겠지. 지금 여기의 나. 기억 저편의 나. 모두가 소중하다. 있는 그대로 나를 받아들이고 나를 좀 더 소중히 생각하자. 내가 소중하듯 어르신 한 분 한 분 모두 소중한 분이다. 내가 나의 수호천사가 되고 어르신의 수호천사가 되어 기억 저편의 소중한 그 모습을 만나고 싶다. 나와 어르신 우리 모두 이 세상에서 가장 소중한 존재이기에.

나는 꿈을 이루는 요양보호사입니다

6

죽음의 문턱 앞에서

입주 요양사가 쉬는 날 (주말) 교대 근무자가 되었다. 15년째 병상에 누워 계신다고 했다. 처음에는 긴장이 되고 낯설었다. 보호자의 친절과 자상함 덕분에 친숙해지고 익숙해질 수 있었다. 요양보호사 이론 공부를 마치고 재가 실습과 요양시설 실습하면서 현장의 힘듦과 어려움을 조금은 알았다 생각했지만 직접 현장에서 부딪혀 보는 것과는 많은 차이가 있었다. 실습에서는 만날 수 없는 중증 장애 등급판정을 받은 침상 환자를 만나게 되었다.

새벽 6시. 겨울에는 아직 동이 트기 전이다. 바닥은 따뜻하지만, 전기 히트를 틀어 방 안 공기를 따뜻하게 한다. 일어나서 "어르신 안녕히 주무셨어요. 목욕 시작합니다." 말씀을 드리고 침상 목욕을 시작한다. 목욕 중에 가장 어려운 목욕이 침상 목욕이다. 환자가 누운 채로 물수건으로 얼굴과 머리를 닦는다. 비누로 머리와 얼굴을 문지르고 다시 물수건으로 비누를 닦아 낸다. 사용한 물은 버리고 새 물을 받아 온다. 웃옷을 한 쪽씩 벗기고 앞가슴과 등까지 비누로 닦고 물을 적신 수건으로 닦아 낸다. 마른 수건으로 물기를 닦은 후 새 옷으로 갈아입힌다. 물을 버리고 다시 물을 받아 와서 기저귀 속과 엉덩이, 다리, 발까지 닦고 나면 한 시간이 후딱 지나간다. 세수하기 전후 모습이 다르듯 환자를 씻고 닦이고 나면 말쑥하게 보인다. 몸은 힘들지만, 깨끗해진 환자의 모습을 보면서 내가 세수를 하고 몸을 닦은 느낌이 든다. 말끔해진 얼굴을 바라본다. 아침 식사를 기다리는 모습이다.

목욕을 마치면 청소하고 아침 식사 준비한다. 캔에 들어 있는 제품을 따뜻하게 데워 소독된 비위관에 넣는다. 관속으로 공기가 들어가지 않도록 조심해야 한다.

"장로님 지금 아침 식사 들어갑니다." 드실 약은 식사 시작 전이나 식사 중일 때 미리 준비해 둔다. 비위관을 통해 식사가 끝나면 약을 주입한다. "식사는 다 하셨고 지금은 약이 들어갑니다." "이제 마지막으로 물이 들어갑니다." 알아들으시든 못 알아들으시든 일단은 말씀을 드린다. 오랜 시간 침대에 누워 계시면 얼마나 지루하실까? 하는 생각이 들어 한 동작 할 때마다 말씀을 드린다.

"장로님 눈에 눈곱이 있어요. 면봉으로 닦아 드릴게요." 하면서 인공 눈물을 면봉에 묻혀서 닦았다. 손톱과 발톱을 깎아 드리기도 하고 발을 주물러 드리기도 했다. 내가 내 손으로 하고 싶은 것을 하는 것이 얼마나 감사한 일인지 생각할 수 있었다. 아프지 않은 것만도 감사했다. 추가열의 〈행복해요〉라는 노래를 크게 틀어 드렸다.

낮에는 찬송가를 들려 드린다. 장로님이시니 찬송가를 들으면서 시간이 좀 빨리 지나가길 바라는 마음이었다. 노부인은 주말에 딸이 외출하면 혼자 계시다가 장로님 방에 찬송가 소리를 듣고 들어 오신다.

나에게 6.25 사변 때 피난 갔던 이야기, 신혼 시절 이야기를 하셨다. 부모님이 인민군에게 잡혀가고 형부가 어린 처제(노부인)를 거두어 주었던 이야기는 참혹했던 그 시절의 한 단면을 보는 듯했다. 할아버지를 모시러 갔지만, 노부인 이야기도 들어 주며 말동무가 되어 드렸다. 입맛이 없다고 하실 때는 팥죽을 사다 드리면 맛나게 드시는 모습이 지금도 눈에 선하다. 내가 감기 기운이 있다고 하면 상비약을 주시면서 먹고 쉬라고 하시며 방을 나가기도 하셨다.

보통 식사 후 10분 정도 뒤에 대변을 본다고 했는데 출근한 첫 주와 둘째 주, 내가 근무할 때는 변을 보지 않았다. 아직은 처음이라 대변을 보면 어떻게 처리할까 걱정했는데 속으로 다행하다는 생각이 들었다. '내가 있을 때는 변을 보지 않았으면 좋겠다.' 생각하기도 했다. 누워 계시는 분도 조심스러웠는지 본 근무자가 오면 한꺼번에 대변을 많이 보았다고 했다. "어제 변을 많이 봤으니, 오늘은 안 볼 수도 있어요." 했다. 그 말만 믿었다. 아침을 주방 가서 먹고 오니 냄새가 진동했다. 기저귀에 대변이 가득했다. 당황했다. 어쩔 줄을 몰라 우왕좌왕했다. 마침 따님과 노부인이 도와주셔서 무사히 마칠 수 있었다. 한 번 경험하고 나니 두 번째는 수월했다. 베테랑 수준은 아니었지만, 겁은 나지 않았다. 창문부터 열고 순서대로 차근차근 처리할 수 있었다. 역시 경험은 무시할 수가 없었다.

"장로님 안녕하세요. 지금은 11월이고, 늦가을입니다. 나뭇잎들이 많이 떨어지고 있어요. 지금은 아침 9시고요. 강남으로 가는 도로에 출근 차들이 가득 있어요." 아파트에서는 한강과 노량진 수산시장이 보인다. 혼자서 어르신께 생방송 중계를 한다. 인체에서 끝까지 기능을 유지하는 것은 청각이다. 알아들으실 때는 눈을 깜박이기도 하고 고개를 끄덕이기도 한다. 말은 오랫동안 하지 않고 시키지 않아서인지 말을 해도 무슨 말인지 알아들을 수가 없었다. 대충 눈빛이나 표정으로 이해했다.

침대를 올리거나 낮출 때도 미리 말을 하고 행동했다. 체위 변경은 침상 환자 돌봄 중에 침상 목욕만큼이나 힘들었다. 몸무게도 엄청 많이 나간다. 욕창이 생기지 않도록 두 시간마다 체위를 바꾸어야 한다. 경험이 없어서 힘들고 어려웠다. 기존에 하는 분도 팔과 어깨 등에 파스를 붙이고 환자를 돌보고 있었다. 어느 정도는 힘과 요령이 필요하다. 환자는 나보다 몸무게도 많이 나가고 체구가 아주 좋았다. 배운 대로 양팔과 다리를 모으고 한쪽으로 굴렸다. 환자를 함부로 다루는 것이 아니라 누워있는 사람을 움직이려면 이렇게 할 수밖에 없었다. 여간 힘든 일이 아니다. 두 시간마다 바꾸는 체위 변경은 어렵고 힘들었다. 체위를 변경하고 나면 후~유 한숨이 절로 나왔다.

지금은 환자가 되어 남의 손에 보호받지만, 한때는 가족을 위해 열심히 노력한 가장이라는 생각이 들어 안타까웠다. 잔병 끝에 효자 없다고 하지만 이 댁 따님들은 아버지를 지극정성으로 보살폈다. 젊은 분들이 참 효녀라는 생각이 들었다. 아버지가 벌어 둔 재산 아버지 밑에 다 쓰더라도 집에서 아버지를 모신다고 했다. 요즘 모두 자기 살기 바쁘다고 환자는 시설에 맡기는 경우가 대다수다. 그런데도 집에서 편찮으신 아버지를 지극정성으로 챙기는 것을 보면서 늘 흐뭇했다. 그 댁에 가면 마음이 편안했다. 출퇴근 때마다 아버지 방에 와서 한 번 둘러보고 필요한 게 없느냐 물으면서 아버지를 보고 다녔다.

　돈이 많다고 부모님을 모실 수 있는 것이 아니다. 아무리 돈이 많아도 마음이 없으면 모실 수 없다. 따님들이 그렇게 챙기니 나도 내 부모님 모시듯 정성을 다하게 됨은 당연한 일이다. 편찮으신 분을 보고 있으면 절로 인생무상이 생각난다. 처음부터 저렇게 되진 않았을 텐데…. 건강할 때 건강을 챙기는 것이 얼마나 중요한 일인지 새삼 깨닫게 된다. 내가 보호를 받는 것이 아니라, 도울 수 있다는 생각에 늘 감사한다. 이 세상에서 가장 소중한 금은 소금도 아니고 황금도 아니고, 지금이다. 지금 감사하고 순간에 최선을 다하는 삶을 살고 싶다.

7

한국 노인의 실생활

"나는 열 살 때 똥물 장군 짊어지고 엄마(할머니) 따라 밭에 가서 농사지었다. 형님이 있었지만 6.25 사변 때 돌아가시고 누나(고모) 하나 여동생 하나 그렇게 살면서 많이 배우지 못했다. 세 살 때 아버지 돌아가시고 엄마와 살다 보니 국민 학교도 겨우 마쳤다. 너거는 공부 열심히 해서 나처럼 농사짓지 말고 도시 가서 잘 살아라."

"인민군에게 잡혀서 따라가다 보니 집으로 가야겠다는 생각이 들었다. 눈치를 보다가 포항 지나서 안강읍 쯤 가다가 오줌 누는 척하면서 도망쳐서 50리 길을 걸어서 집으로 돌아왔다." 내가 어릴 때 아버지는 약주를 드시면 한 번씩 우리에게 이렇게 신세 한탄을 하시곤 했다. 그때는 내 나이가 어려서인지 그 말이 와닿지 않았다. 우리에게 쓸데없는 소리를 한다고만 생각했다. 지금 생각하면 철이 없어서 아버지의 그 이야기를 들어 드리지 못한 것이다.

올해 아버지 연세는 아흔이다. 백발이 성성하다. 몇 년 전 뇌경색이 지나고 난 후부터는 걸음걸이가 정상적이지 못하다. 사람은 움직여야 한다면서 아침 일찍 밭으로 나갔다가 동네를 한 바퀴 둘러보고 들어오신다. 겨울에는 너무 일찍 나가지 마시라고 부탁드린다. 시골에서 어머니와 두 분이 살고 계신다. 소일거리로 텃밭을 일구어 채소는 손수 키워 드신다. 오후에는 게이트볼하러 다니신다. 아버지의 바람대로 남동생 셋은 도회지에서 직장을 다니고 있다. 명절이나 기념일 특별한 행사가 있을 때만 부모님을 찾아뵙는 형편이다.

시장 가는 길에 재활용품을 가지고 나가서 분리수거 하는 중이었다. 폐지를 모으던 할머니가 자그마한 목소리로 나를 부른다. 모아둔 박스 들어서 건너편 고양이가 앉은 곳에 갖다 놓고 옆에 있는 물건으로 눌러 달라고 하셨다. 할머니는 고물상 가는 시간이 늦었다고 나에게 부탁하신다고 했다. 생각지도 못한 요청에 약간 당황스러웠지만, "예." 대답하고 박스를 정리해서 할머니가 원하는 곳으로 가져다 놓았다. 지금까지 폐지를 줍는 어르신을 무심코 보았는데, 고물상 가는 것도 시간이 있구나. 싶었다.

출근길에 천사 무료 급식소가 있다. 매주 월, 수, 토요일 아침

10시부터 독거노인에게 음식을 제공한다는 안내 문구가 크게 적힌 것만 보았다. 아침 10시경 그곳을 지나지는 못했지만, 6시 반경 출근하는 날 월 수 토요일 아침이면 남자 어르신들이 그곳에서 차례를 기다리고 있는 모습을 볼 수 있었다. 겨울이라 두꺼운 잠바 차림으로 가방을 하나씩 가지고 몇 분씩 서서 이야기를 나누기도 하고 혼자 서 있는 분들도 있었다. 그나마 이곳에 나올 수 있는 분들은 한 끼 식사를 여기서 해결할 수 있지만, 집에 계시는 분은 어떻게 식사할 수 있을까 하는 생각이 들기도 했다.

2021년 보건복지부 노인복지시설현황에 따르면 전국에 노인 요양시설은 4,057개소, 노인 의료복지시설(노인 요양 공동생활가정) 1,764개소가 있다. 가족과 함께 동거 여부에 따라 주야간보호, 방문요양 제도를 이용할 수 있다. 가족과 함께 생활하지 않을 때는 실버타운, 공동생활가정, 요양병원, 요양원 제도를 이용하게 된다.

주간 돌봄 센터는 거동이 가능한 분들을 대상으로 아침에 모시고 와서 프로그램에 따른 활동을 한 후 보호자와 의논된 시간에 귀가하는 형태다. 말하자면 노치원 형태로 보면 된다. 방문 요양은 요양보호사가 일정한 시간에 방문해서 일상생활을 지원해 주는 것이다. 주로 평일 기준 주 5회 또는 2~3회 이용할 수 있고 시간은 3~4시간 대상자의 등급에 따라 달라진다. 대상자가 거동을 전혀 못 하고 와상 상태일 때는 입주 요양보호사가 상주할 수도 있다. 요양보호사가 하는 일은 대상자의 빨래, 청소, 설거지, 식사 준비, 병원 동행 등의 일상생활 지원이다. 부수적인 일은 공단 지침을 벗어나지 않는 범위 내에서 상호 협의 하에 돌봄을 받을 수 있다. 이 외에도 방문 목욕과 방문 간호 제도가 있다. 방문 목욕은 목욕차가 집으로 오고 어르신을 모시고 가서 목욕시키고 다시 모셔다드린다.

보건복지부 집계에 따르면 2020년 전국 노인복지주택(실버타운)은 36개소다. 입소 인원은 7,925명으로 전체 고령인구 850만 명의 0.1%에도 못 미친다. 극소수만이 실버타운에서 산다는 결론이다. 2023년 41개소로 늘어났다.

행정안전부가 공개한 '주민등록 인구통계'의 조사 결과 2022년 6월 기준 전체 주민등록 인구는 5,157만 8,178명이다. 이 중 65세 이상 노인은 906만 1,298명으로 전체의 약 17.5%를 차지한다. 유엔(UN)은 65세 이상 노인이 전체 14% 이상은 '고령사회' 20% 이상은 '후기고령사회' 또는 '초고령사회'로 정의했다. 이대로라면 한국은 '고령사회'인 셈이다. 또 지난해 통계청은 2025년 노인인구 비율이 20.3%가 되면서 초고령사회에 진입할 것으로 전망하기도 했다. (참고: 바이오타임즈)

노령 인구는 증가하는 반면 돌봄 인력은 부족한 상태다. 인력 부족에 대응하고자 인공지능을 기반으로 한 돌봄서비스가 호응받고 있다. 현재 254개 지자체 중에서 118곳(46.55%)에 인공지능(AI)을 기반으로 한 돌봄서비스를 내놓고 있다. 5,800대의 효돌이가 보급되었다고 한다. 효돌이를 이용하는 노인 대부분이 돌봄 로봇을 가족처럼 생각한다는 보도를 매스컴에서 본 적이 있다. 독거노인을 위한 돌봄 로봇 중 효돌은 24시간 노인 곁에서 정서. 생활. 안전. 인지. 건강을 도와준다. 애교나 칭찬 등 음성반응으로 말벗이 되는 것뿐만 아니라 노래, 퀴즈, 체조 등 9종류의 인지 건강 강화 콘텐츠 등 다양한 기능도 갖췄다고 한다.

현재 80세 이상 어르신들은 어렵고 힘들게 살아 온 세대다. 일제 식민지의 압박과 6.25 전쟁의 힘든 상황에서도 꿋꿋하게 견뎌 내신 분들이다. 6.25 피난 시절 부산 가는 열차 지붕에 아이를 업고 타고 가셨다는 할머니 무용담을 들었다. 나는 못 배워서 이렇게 고생하지만, 자식들은 공부시켜 훌륭한 사람을 만들겠다고 자식 교육에 헌신하며 살아온 삶이었다. 그분들의 노력과 희생이 없었다면 지금의 우리나라는 없다고 생각한다. 아직 현직에 계시거나 은퇴하지 않은 분들을 제외하고 집에 계시는 어르신은 특별한 직업이나 소일거리가 없다. 노후 계획을 하지 못하고 준비되지 않은 미래를 맞이해야 하는 현실이다.

'은퇴' 혹은 '노후'라고 하면 으레 취미활동으로 활기차게 살아가는 모습을 그리게 된다. 그러나 현실은 그렇지 못했다. 주간 돌봄센터와 재가복지센터를 통해 내가 본 한국 노인의 실생활은 그리 부유하거나 넉넉하지 못했다. 소수의 부유한 사람을 제외하고는 여유는커녕 안정적인 노후 생활을 보내는 고령자는 찾아보기 힘든 현실이다. 고령화 시대의 노후 대비는 개개인 또한 자기만의 방안을 마련해두어야 한다. 왜냐하면 사회에만 맡겨두기에는 자신의 인생에 너무 중요한 문제이기 때문이다. 또한 노후 대비는 사회적 문제이므로 정부 및 공동체 차원의 대책이 마련되어야 할 것이다.

제 3 장

만능
슈퍼우먼
요양보호사

1

오늘은 미용사

감았다. 그냥 감았다. 계속 감았다. 뱅뱅 감았다. 끝까지 감았다. 더 이상 풀리지 않게 감았다. 세월을 감고 일어섰다. 젊음을 감고 삶을 불어 넣었다. 선택의 여지가 없다. 무조건 감으면 된다. 말할 것도 없다. 알아서 끝까지 감으면 된다. 예쁘게 살고 싶어 감았다. 감고 있다가 죽는 줄 알았다. 방바닥에 앉아서 감고 나면 일어날 수가 없었다.

송 할머니의 미용사가 되는 날이다. 송 할머니는 오른쪽 손을 쓸 수 없다. 왼손 하나로 할 수 있는 것이 아무것도 없다. 손뼉도 마주쳐야 소리가 나는데 한 손으로는 손뼉 한 번 제대로 칠 수 없는 일이다. 옆에 사람이 없으면 치약 뚜껑을 입으로 돌려서 열기도 했다. 얼마나 답답하실까. 목욕은 당연히 도와 드려야 하는 필수 코스다. 목욕물을 욕조에 받는다. 할머니가 욕조에 들어가 있는 동안 청소를 한다. 청소하는 시간이 좀 오래 걸리면 목욕탕 밖에서 소리친다. "어머님 조금만 기다리세요. 얼른 닦아놓고 들어갈게요." "그래, 천천히 하고 와요" 대답한다. 미리 탈수한 전동 걸레로 바닥을 닦는다. 처음에는 전동 걸레를 손으로 물기를 짜서 닦았다. 손아귀 힘이 없어서 바닥이 전부 물바다가 되었다. 학교 다닐 때 마룻바닥 교실 청소를 마치고 나면 선생님이 물 칠했구나. 하는 수준이었다. 물 마른 자국도 보기 흉했다. 다행히 그 댁에는 소형 세탁기가 있었다. 전동 청소기에 쓸 걸레를 넣고 2~3분 정도 탈수를 하면 물 마른 자국 없이 깨끗하게 바닥을 닦을 수 있었다. 물칠하지 않고 바닥이 제대로 청소가 되었다.

닦은 걸레는 세탁기에 넣고 작동시켜 둔다. 세탁기가 걸레를 빨 동안 나는 할머니 샤워를 도와야 한다. 안방 목욕탕으로 간다. 얼른 양말을 벗고 바지를 걷어 올린다. 앞치마를 두르면서 목욕탕 문을 연다. "오래 기다리셨지요." "아니 괜찮아요." 욕조에서 일어나야 하는데 잡고 일어설 안전봉이 없었다. 오른팔을 못 쓰기 때문에 왼손으로 균형 잡기가 어려워 보였다. 그날은 내가 부축을 하여 겨우 일어났다. 보호자께 부탁해서 며칠 후 안전봉을 설치하였다. 봉을 왼손으로 잡고 일어서는 모습이 한결 안정되었다. 욕조에 엉덩이를 대고 걸터앉으면 때밀이 타월로 등을 민다. 내 생각에는 욕조에 한참 담근 후라 비누칠만 해도 될 것 같다. 처음부터 때밀이 타월을 사용하던 습관이 있으면 때밀이 타월로 밀어 달라고 한다. 힘은 들지만, 원하는 대로 해드리는 것이 서비스라 생각했다. 목욕을 시켜드린 날 저녁은 누워 있으면 팔이 묵직했다. 때밀이 타월로 밀고, 다시 비누칠해서 거품 타월로 온몸을 문지르고 물로 깨끗이 헹군다. 몸 구석구석에 비눗기가 남지 않도록 해야 한다. 수건으로 물기를 닦아 준다. 몸을 닦고 나서 머리를 닦아야 몸에 머리카락이 묻지 않는다. 때로는 수건 두 장으로 머리 따로 몸 따로 닦기도 한다. 마치고 나면 연방(蓮方) 시원하다고 좋아하셨다.

방에서 옷을 입을 동안 욕조의 물을 빼고 얼른 베이킹소다를 풀어 욕조를 문질러 닦는다. 바닥에 물을 뿌려 머리카락과 비눗물을 씻어 내고 목욕탕 청소를 마친다. 오른손을 쓰지 못하기 때문에 한손으로 옷을 입는 것도 힘들어 보였다. 여름이라 속옷과 가벼운 겉옷 하나 걸치면 된다. 그나마 도와 드려야 옷을 입을 수 있었다. 집에서 입고 벗기 편하도록 품이 넉넉하면 좀 더 수월할 텐데…. 거의 몸에 딱 맞는 옷이라 입히기가 수월하지 않았다.

머리를 닦았다. 물기가 남아 있는 머리카락에 헤어 에센스를 바른다. 머리에 골고루 바른 후 솔빗으로 엉킨 머리를 단정히 빗어 내린다. 꼬리빗을 들고 가르마 낼 자리를 물어본다. 원하는 위치에 똑바르게 가르마를 탄다. 헤어 롤러 하나 감을 만큼 머리카락을 가지런히 잡는다. 꼬리빗을 머리에 꽂아둔 채 오른손으로 헤어 롤러를 잡고 왼손으로 머리카락을 감는다. 양손으로 헤어 롤러를 감는다. 앞머리는 롤러 하나만 앞으로 감고 두 번째부터는 뒤로 감으면 된다. 앞에서 뒤로 두 줄 감고 옆머리와 뒷머리 정리를 하면 된다. 커트 머리라서 뒷머리는 굵기가 가는 것을 사용했다. 옆머리도 위치를 보고 적당한 자리에서 사선이 되도록 감으면 된다. 헤어 롤러 말기가 끝이 나면 스프레이를 뿌리고 마무리한다. 쓰다 남은 헤어 롤러는 통에 담고 화장대 앞을 정리한다. 화장대 서랍을 정리하던 중 루주가 묻은 가제 손수건이 보였다. 요즘처럼 화장지가 없을 때 우리 엄마도 가제 손수건으로 잘못된 화장을 고치던 일이 생각났다. 한 손밖에 쓸 수 없어, 화장 손수건 하나 빨기가 어렵겠다는 생각이 들었다. 손수건 빨아 드리겠다고 하니 고맙다. 하면서 미안해하셨다. 엄마 화장 손수건 빠는 마음으로 문질렀다. 얼룩이 지워지지 않아서 삶고 빨아 널었다. 내가 근무하는 동안은 수시로 화장 손수건을 보고 얼룩이 있으면 얼른 빨았다. 머리를 만졌던 자리를 정리하고 나면 목욕 시간은 30분 전후가 소요된다. 3시간 근무라 청소나 빨래 주방일 때문에 본인의 목욕을 미룰 때는 시간을 말씀드리고 얼른 목욕하고 머리를 만져 드렸다. 손가락 하나 다쳐도 세수하기가 힘든데. 나의 고됨보다 한 손으로 생활하면 얼마나 불편하실까 생각했다.

엄마는 늘 나에게 여자는 머리가 80점이다. 하면서 나에게 옷단장과 머리단장을 신경 쓰라고 했다. 집과 여자는 가꾸기에 달렸다고 했다. 서점에 있는 좋은 책과 문구점에 있는 예쁜 학용품들만 눈에 보였다. 엄마 말이 귀에 들어오지 않았다. 결혼하기 전 미용사들이 하는 머리 드라이 흉내를 내도 예쁘게 되지 않았다. 생긴 대로 살지 뭐 생각하며 살았다. 그래도 엄마 말이 어딘가에 남아 있었던 모양이다. 시간이 지난 후 미용사들이 드라이기로 머리 마무리하는 모습이나 파마할 때 머리를 만지는 모습을 유심히 보았다. 아마 그때 보았던 것이 헤어 롤러 마는 데 도움이 되었을 것 같다. 송 할머니 머리를 헤어 롤러 말면서 이제는 머리에 좀 더 신경 써야겠다. 작정하지만 쉽지 않았다. 나이가 들고 몸이 불편할수록 더 단정하고 깔끔해야 한다고들 한다. 상대방에게 내가 건강하다는 것을 보여주기 위한 배려가 아닐까 생각이 든다.

나는 자격증을 가진 전문 미용사가 아니다 무자격의 방문 미용사(?)였다. 자격증이 없으면 어떤가. 그분이 원하는 대로 바라는 대로 해드리면 되는 것이다. 부모 자격증 없이 아이를 사랑과 정성으로 키우는 것처럼 무자격의 미용사도 섬김의 마음으로 어르신 머리를 해드릴 수 있었다. 닥치면 할 수 있었다. 사랑과 정성 섬김의 마음만 있으면 된다. 바깥 선생님은 내가 미용실 가서 좀 배워서 해주고 싶었는데 다행이라고 하셨다. 머리를 헤어 롤러로 말아 본 적이 없어서 처음에는 어설프게 말았다. 주2~3회 거듭할수록 헤어 롤러로 말아 놓은 머리는 야무지게 보이고 자신감이 붙었다. 세상에 태어난 아기가 처음부터 세상 살아갈 준비 다 하고 태어나지 않는다. 작은 일에도 정성을 다하는 태도로 하루를 채우고 싶다. 작은 정성으로 공든 탑을 만들고 싶다. 처음부터 잘할 수 있는 사람은 아무도 없다. 세상 모든 일이 한 번에 되는 것이 어디 있으랴. 반복과 노력의 결과로 제대로 할 수 있었다. 무면허 미용사이지만, 헤어 롤러로 고객의 머리 감는 것 정도는 할 수 있었다. 할머니의 예쁜 머리와 환한 미소를 만날 수 있었다. 한 팔을 쓰지 못하지만 좀 더 자신 있게 사시면 좋겠다. 혼자만의 바람을 중얼거린다.

2

꽃집으로 출근합니다

애초에 불가능해 보였다. 찾기 위해 집을 나왔다. 흙을 찾기 위해 길을 걸었다. 시멘트와 아스팔트만 있는 서울 시내에서 눈을 씻고 봐도 흙 한 줌이 보이지 않았다. 공사장을 기웃거렸다. 레미콘을 바로 붓는 바람에 모래나 자갈은 찾아볼 수가 없다. 한강에 가서 모래를 퍼 와야 하나. 여의도 한강 공원은 모래가 하나도 없다. 오던 길을 뒤돌아 갔다. 내 키의 서너 배 되는 키가 큰 은행나무가 보인다. 혹시나 하는 생각에 가까이 갔다. 자갈과 흙을 만날 수 있었다.

베란다 벽을 타고 올라가는 허브와 화분에 담긴 꽃들이 봄을 기다리고 있다. 유리창 너머로 들어오는 입춘이 지난 빛은 따뜻했지만 아직은 힘이 없다. 화분은 줄잡아 열 개가 넘었다. 할머니는 나에게 종종 화분을 옮겨 달라고 했다. 편마비가 되어 양손을 함께 쓰지 못하기 때문이다. 화분을 옮기고 전체가 조화롭게 보이면 할머니의 꽃 농장 이야기가 시작된다. 이것은 누가 다 죽었다고 버리는 것을 내가 가지고 와서 물 주고 키웠더니 이렇게 자랐다. 이것은 내가 꽃을 좋아한다고 손녀가 학교에서 자그마한 것을 가져다 줬는데 이만큼 자라서 새살림을 차려 주었다. 손녀가 간혹 와서 볼 때마다 벌써 이렇게 자랐냐고 깜짝 놀란다. 별로 예쁜 것은 없었지만 할머니에게는 세상 무엇과도 바꿀 수 없는 소중한 공간이었다. 늘 같은 내용이지만 꽃 농장 이야기를 하실 때는 일등 강사가 따로 없었다. 할머니에게 살아가는 의미. 삶의 활력소가 되었다. 같은 레퍼토리 반복되는 이야기지만, 추임새를 넣고 맞장구를 치는 것은 나의 몫이었다.

　식물들이 자라니 분갈이해야 한다. 할머니는 주로 가을부터 봄이 되기 전까지 시간이 될 때 수시로 분갈이했다. 아이스박스 속 비닐봉지 안에는 할머니가 보물같이 여기는 흙이 보관되어 있다. 할머니가 직접 하지 못하니 손이 있을 때 미리 챙겨 둔 흙이다. 2월이 되자 유난히 분갈이에만 마음을 두고 있었다. 화분과 흙이 필요했다. 할머니는 따님이 핸드폰으로 검색해서 찾는 것을 보고 나에게도 무조건 핸드폰으로 검색해서 꽃집을 찾으라고 말했다. 핸드폰 검색을 잘 하지 못했지만, 어쩔 수 없이 찾아야만 했다. 찾아서 가면 생화로 꽃다발이나 꽃바구니를 만들어 파는 꽃집이었다. 사정을 이야기하고 예약해서 일주일 후에 화분을 구할 수 있었다. 거름흙을 구하러 갔다. 주인이 부재중이었다. 전화로 연락하니 서랍에 돈을 두고 거름흙을 가져가라고 했다. 화분과 거름흙을 구했다.

다음날 출근하니 난데없이 한강에 가서 모래를 파오라고 했다. 내가 가 본 여의나루 한강은 모래는 한 톨도 없고 시멘트 콘크리트 바닥이라고 말했다. 그래도 한강인데 모래가 없을까 하면서 내 말은 곧이듣지 않았다. 근무 시간에 한강에 모래를 담으러 가도 되나. 모래가 없다하고 집에 가만히 앉아 있을수가 없었다. 할 수 없이 비닐봉지 하나 들고 일단 밖으로 나왔다. 시멘트와 아스팔트 보도블록만 있는 시내에서 어디로 가야 흙을 구할 수 있을까. 평소에 흙이 있는 곳을 눈여겨봐 둘걸. 때늦은 후회를 하면서 주변을 기웃거렸다. 한참을 걸은 후 주민센터 뒷마당에 은행나무 한 그루 서 있는 곳에서 조금 떨어진 곳에 흙이 보였다. 반가웠다. 내가 할 일을 완수할 수 있다는 생각에 사람이라면 손을 맞잡고 등이라도 두드려 주고 싶었다. 그나마 모래흙이라 다행이었다. 허겁지겁 비닐봉지에 흙을 퍼 담았다. 지나가는 사람이 있었으면 정신 나간 아줌마라고 했을 것 같다.

초등학교 4학년 때 일이다. 실과 시간에 꺾꽂이를 배웠다. 꺾꽂이하려면 모래 상자도 있어야 하고 그늘막도 있어야 했다. 꺾꽂이할 나무를 생각하며 집으로 왔다. 우리 집은 골목에 작은 화단이 있었다. 새빨간 장미가 험상궂게 가시를 달고 화단 가운데 턱 버티고 서 있었다. 옛날에 살던 집에는 대문 왼쪽에 분홍 장미가 피어 있었다. 분홍 장미는 가시가 그렇게 심하지 않고 줄기가 온순했다. 엄마는 아침에 분홍 장미와 자주 달개비를 잘라 교실에 꽂도록 신문에 싸 주셨다. 요즘처럼 꽃집의 화려하고 멋진 포장이 아니었지만, 학교에 꽃을 가져가는 날은 나도 모르게 어깨가 으쓱했다. 중학교 때는 환경 정리 평가하는 날 선생님이 꽃을 좀 가져오라는 말씀에 내 마음대로 우리 화단의 꽃을 잘라 가서 아버지께 혼나기도 했다. 꽃이 필 동안 계속 색이 바뀌는 수국이 꽃보다는 줄기와 잎이 무성했다. 그때는 줄기와 잎은 중요하지 않고 꽃만 보였다. 나중에 잎과 줄기가 많아야 탐스러운 꽃을 볼 수 있다는 것을 알았다. 자주 달개비가 화단과 골목을 경계로 하고 중간중간 잡초도 눈에 띄었다. 낫을 가지고 와서 지저분한 가지는 무조건 확 잘랐다. 부모님이 화단 정리하는 것을 본 적도 없었다. 어쩌다가 교정의 향나무를 정리하는 학교 아저씨 모습 본 것이 전부였다. 아저씨처럼 전지가위가 있는 것도 아니었다. 내가 보기에 쓸데없거나 조금 말라 보이는 것은 전부 낫으로 베었다. 내년 꽃눈은 알지도 못했다.

살아 있는데 또 자라겠지, 생각하며 용감하게 잘랐다. 자른 가지와 떨어진 잎 잡초는 뽑아서 거름더미로 다 버렸다. 싸리 빗자루로 골목을 깨끗하게 쓸었다. 화단을 정리하고 보니 남자아이 머리를 바리깡으로 군데군데 민 것처럼 낯설게 보였다. 어쩌면 혼나지 않을까 걱정이 되었다. 저녁 때 들에서 일을 마치고 돌아오신 엄마는 골목에 들어서면서 "아이고 화단 청소를 시원하게 잘했구나." 하시며 칭찬하셨다. 야단을 맞지 않을까 졸이던 마음이 푹 놓였다. 지금 생각하면 엄마는 못하는 일도 나에게 자신감을 주려고 그러셨던 것 같다. 모종판은 꿈도 꾸지 못하고 화단만 정리한 날이었다.

베란다에 비닐을 깔고 거름흙을 부었다. 쪼그리고 앉아서 분갈이 작업을 했다. 할머니는 거실에 앉아서 진두지휘했다. 신문이라도 몇 장 넉넉하게 깔고 미니 빨래 의자라도 앉으면 좀 수월할 것 같았지만, 그렇게 쓸 신문이 한 장도 없었다. 편하게 앉을 만한 공간도 되지 않았다. 쪼그리고 앉을 수 밖에 없었다. 도구와 연장을 넣어 둔 문갑에서 좁게 자른 플라스틱 망으로 화분 바닥을 막았다. 흙 속에 있던 자갈을 골라 화분 아래에 깐다. 시내에서 자갈 한 알 구하기도 힘이 든다. 모래흙과 거름흙을 섞었다. 거름흙을 더 넣어라. 흙이 많다. 하면서 지시한다. 옮길 꽃나무를 화분에 세워두고 섞은 흙을 골고루 채웠다. 꽃나무가 수직으로 세워졌는지 확인하라고 한다. 마음이 삐뚤면 나무를 제대로 세우지 못한다고 잔소리를 했다. 새로 심긴 화분을 물 줄 곳으로 옮긴다. 그날 분갈이할 화분 세 개를 정리했다. 쪼그리고 앉았던 다리와 허리가 아우성친다. 화분에 물을 주어 제자리로 옮기고 베란다 청소를 끝냈다. 오늘 일은 끝이 난 것 같았다. 할머니는 아파트 은행나무 아래 가서 흙을 파다 달라고 했다. 다음에 분갈이할 것을 미리 준비해야 한다고 했다. 내 할머니 같으면 싫다. 못한다. 하고 싶었지만 차마 그 말이 입 밖으로 나오지 않았다. 그냥 삽과 비닐봉지를 들고 나왔다.

 센터장은 어르신의 취미생활까지 도와드리지는 못한다고 단호하게 말하라고 했다. 공단 규정도 일상생활 지원인데 그 경계가 모호하다. 힘이 들지만, 어르신을 도와드리는 것이 내 마음이 편할 것 같았다. 세상살이 늘 규정과 규칙을 따를 수는 없지 않은가. 어쩔 수가 없었다. 아파트 은행나무 아래는 떨어진 은행 씨앗들이 뒹굴고 있었다. 날이 뭉텅한 꽃삽으로 땅의 표면을 걷어내고 씨앗이 들어가지 않도록 비닐에 흙을 담았다. 내가 조금 힘들고, 수고하면 되겠지 어차피 해야 하는 일 고운 마음으로 하자 생각하며 마음을 다독였다. 뒹굴고 있는 은행 알들도 생명이 있는데 잎을 피우지 못하는 내 모습을 보는 것 같았다. 뒹구는 은행 알과 나는 언제쯤 잎을 피울 수 있을까. 은행 알은 땅속으로 들어가서 봄이 오면 싹을

틔울 것이다. 나의 봄날은 언제가 될까. 이미 지나가 버린 것은 아닐까. 그렇다고 해도 다시 오는 봄을 기다리고 싶다.

"괜찮다. 뿌리만 살아 있다면 바람에 흔들려도 괜찮다."

– 박노해 ,『걷는 독서』

구청 입구 지나는 길에 늘 보던 글귀다. 오늘따라 크게 들어온다. 나의 중심을 흔들리지 않고 앞으로 나가야겠다. 내일은 내일의 일이 나를 기다리겠지.

3

목욕탕에서

일어났다. 북적북적 거품이 일어난다. 온몸으로 확 번진다. 팔과 다리 온몸이 미끈거린다. 개구쟁이 환한 얼굴이 떠오른다. 시원한 가 보다. 아직은 느낄 수 있어서 다행이다. 몸을 움직일 수 있어서 이렇게라도 할 수 있다.

8월이라 날씨가 꽤 더웠다. 장 할아버지는 파킨슨 치매를 앓는 분이었다. 말이 거의 없었다. 인사를 해도 손을 들어 답을 했다. 앞으로 함께 해야 한다고 생각하고, 말을 하도록 유도했다. 성격은 온순했다. 장 할아버지의 눈을 보면서 말을 천천히 했다. 고개를 끄덕이거나, 힘없이 "네"라는 대답을 하기도 했다. 식사를 마친 직후 양치를 한다. 양치를 마치면 성인용 보행기로 집안을 다섯 바퀴 정도 돈다. 온몸에 땀이 나서 몸이 끈적거렸다. 보호자는 목욕시켜 달라고 했다. 남편 목욕시키는 것이 힘이 든다고 했다. 목욕할 때마다 둘이 싸우고 목소리가 커져서 이웃에서 싸운다고 오해하지 않을까 생각이 든다고 했다. 목욕 의자를 미리 펴 두고 거품 타월도 준비했다. 조심스럽게 모시고 목욕탕으로 갔다. 의자에 앉기 전에 바지와 기저귀를 벗기고 목욕탕으로 모신다. 목욕 의자에 앉아서 웃옷을 벗기면 된다. 물 온도를 맞추기 위해 물줄기가 샤워기로 향하게 한다. 적당한 온도가 되었을 때, 할아버지에게 샤워기에 나오는 물에 손을 대고 뜨거운지 차가운지 묻는다. 할아버지가 좋다고 하면 온몸에 물을 적신다. 보디샴푸를 거품 타월에 조금 묻혀서 거품을 낸다. 거품을 낸 타월을 할아버지께 드리고 본인의 몸을 닦으라고 한다. 손가락부터 손목까지는 하는데 팔꿈치 위로 문지르지를 못한다. 문지르지 않은 부위를 집어주고 이곳도 문질러 라고 한다. 그날 컨디션에 따라 윗몸을 잘 문지르기도 하고 팔만 문지르기도 했다. 잔존 능력 보존을 위해서 본인이 할 수 있는 것은 직접 하도록 유도했다. 다리까지 문지르게 한 후, 타월을 받아서 목과 등을 문지르고 온몸 전체를 골고루 비누칠 한다. 엉덩이를 닦기 위해 세면대를 잡고 잠시 일어나게 한다. 엉덩이를 닦고 물로 몸을 헹군다. 의자에 앉아서 비누로 세수하도록 하고, 면도를 마치면, 머리를 감긴다. 머리를 먼저 감기면 머리에 물이 떨어져 눈으로 들어오기 때문에 머리를 나중에 감기게 되었다. 온몸을 다시 한번 물로 헹군다. 수건으로 물기를 닦고 옷을 입히면 된다. 남성 화장품을 쓰고 있어서 본인이 직접 얼굴에 바르도록 했다. 천천히 말씀드리니, 말없이 순순히 했다. 목욕 의자가 있어서 수월하게 할 수 있었다.

큰딸 진희가 어릴 때 주말 아침에 대중목욕탕을 자주 다녔다. 가기 전에 목욕 가방에는 목욕용품을 챙겼다. 샴푸와 린스 빗 이태리타월 샤워용 수건을 챙긴다. 챙긴다고 챙겨도 목욕탕을 가 보면 꼭 하나씩 빠진 것이 있었다. 없으면 없는 대로 있는 것으로 해결하고 다녔다. 탈의실에서 옷을 벗으면 갈 때마다 거의 목욕탕 안에서 아기 울음소리가 들린다. 어떻게 하면 울리지 않고 목욕시킬까 생각하며 목욕탕 문을 밀고 들어간다. 하얀 수증기 때문에 처음에는 옆에 누가 있는지 알 수 없다가 시간이 지나 빈자리를 잡고 앉는다. 말귀는 알아듣지만, 천방지축인 진희는 마음대로 돌아다녔다. 낯선 사람에게 가서도 방긋 미소를 짓고 뒤뚱거리며 걸어 다녔다. 자리 잡은 곳으로 진희를 데리고 와서 목욕탕 놀이를 시작한다. 다리 위에 진희를 안았다.

"두 눈이 동그랗고 예쁜 진희는 엄마와 함께 목욕탕에 왔네요. 지금은 엄마가 진희 머리를 감기려고 해요. 눈 꼭 감아 주세요." 하고 샴푸를 손에 담아서 머리에 문질렀다. "북적북적 거품이 나왔어요. 진희 머리에 때와 먼지가 싹 씻겨 나가요. 북적북적 진희 머리카락이 정말 예뻐지겠네요" 북적북적 소리가 재미있는지 "엄마 나도 나도 좀." 하면서 직접 머리를 문지르기도 했다. 빗질을 해주면 혼자서 하겠다고 해서 빗을 주면 이리저리 빗는 흉내를 냈다. 머리를 감긴 다음 비누칠을 하고 물로 헹구면 된다. 진희는 목욕하는 것을 놀이처럼 즐거워했다. 옷을 입힐 때도 바지 한쪽을 말아서 쥐고 쑥쑥쑥쑥 소리를 내면 쉽게 입힐 수 있었다. 진희는 머리가 큰 편이라. 목이 작은 옷을 입히기가 힘이 들었다. 자~아! 진희 얼굴이 어디로 나올까요. 쑥 하면서 입히면 오히려 좋아서 손뼉을 치곤 했다. 몸도 씻고 놀이도 하면서 낮에는 함께 하지 못하는 시간의 공백을 채웠다. 진희는 유치원을 다니고 나는 집에서 학원을 했기 때문에 낮에는 함께할 시간이 없었다. 진희는 주로 뒷집 할머니가 돌봐 주셨다. 시골집을 사서 집수리를 하면서 안방 뒤에 목욕탕을 만들었다. 냉온수 나오는 수도꼭지 하나와 물 내려가는 하수를 만들어 집에서 샤워 정도 할 수 있도록 했다. 할머니는 읍내 있는 목욕탕까지 실버카를 밀고 다녀오는 것을 힘들어하셨다. 바람이 술술 나오는 목욕탕이지만, 우리 집에 오셔서, 목욕하시라고 말씀드렸다. 혼자서 하다가, 진희야! 등 좀 밀어다오. 소리치면 하던 일을 멈추고 얼른 등을 밀어 드리러 목욕탕으로 달려갔다. 휘어진 할머니의 작은 등을 밀면서 내가 할머니의 등을 얼마나 밀어 드릴 수 있을까. 생각했다. 건강하게 오래오래 사시길 빌었다. 개운하게 잘 하고 간다. 인사를 하고 나가시는 할머니 뒤를 어느새 진희가 쫄랑 쫄랑 따라가고 있었다.

하루 6시간 근무 중 한 시간 정도 남은 오후 3시경이 되었다. 여전히 무더위는 계속 되었고, 아침에 샤워를 한 장할아버지는 몇 번의 걷기와 공놀이로 몸에는 땀이 나 있는 상태였다. 이대로 퇴근하면 땀이 묻은 몸으로 잠자리에 들어갈 것 같아서 조심스레 보호자에게 물었다. "제가 가고 다시 샤워를 하나요?" 보호자는 아니라고 힘들어서 못 한다고 했다. 나는 성한 몸이라고 샤워하고 자는데 이분은 아픈 몸이라고 씻지도 못하고 그냥 자야 할까.

제가 퇴근하면 땀 묻은 몸으로 주무셔야 하는데 제가 샤워를 한 번 더 시켜드릴게요. 조용히 말씀드리니 고개를 끄덕였다. 고맙긴 한데 힘들지 않겠느냐고 한다. 내가 힘든 것은 잠시니까 갈아입을 옷이나 좀 내달라고 했다 천천히 목욕탕으로 모시고 가서 샤워를 다시 했다. 면도는 아침에 했으니, 머리를 감고 비누칠을 하고 몸만 헹궜다. 수건으로 몸을 닦고 천천히 이동해서 기저귀를 채우고 옷을 입혀 드렸다. 개운해 하는 장 할아버지를 식탁으로 모셔두고 목욕탕 청소를 마쳤다. 남은 시간 동안 그림책을 함께 읽다가 퇴근

했다.

　매스컴에서는 대중목욕탕이 점점 사라진다고 한다. 명절이면 연
례 행사처럼 다녀오기도 했는데…. 주변에서 대중목욕탕을 찾을
수 없다. 대신 찜질방과 사우나는 간혹 눈에 띄기도 한다. 이미 우
리의 목욕 문화가 집에서 샤워하는 것으로 바뀐 지 오래다. 내가
어릴 때만 하더라도 대중목욕탕이 동네에 하나 생기면 목욕탕 신
장개업이라고 크게 적힌 글씨를 이제는 영영 볼 수 없을 것 같다.
하루 두 번 목욕을 시켜드리면서 내가 목욕탕 신장개업을 한 것 같
다. 아이들이 어릴 때 더워서 칭얼거리면 씻겨서 재우면 금방 잠이
들었던 일이 생각난다. 배고플 때 먹을 수 있고, 더울 때 씻을 수
있는 것이 나처럼 성한 사람에게 일상이다. 하지만 몸이 불편한 사
람은 누군가의 도움이 필요하다. 내가 누군가를 도울 수 있는 것이
또한 감사한 일이다. 오늘 저녁은 시원하게 잘 주무시겠지. 흐뭇한
미소가 지어진다. 마음은 가뿐하게 날아 이미 집에서 샤워하는 나
를 바라본다.

4

행복한 슈퍼우먼

날아갈 것 같았다. 나에게도 이렇게 기쁜 날이 있었던가. 새파란 하늘을 날아가는 기분이 든다. 요양보호사를 하면서 누가 나를 이렇게 격려하고 칭찬해 준 적이 있었나. 행주, 수세미 널어서 말릴 생각도 못 했는데 아주 잘했다고 하셨다. 수세미 전용 옷걸이를 빨랫줄에 마련해 주셨다. 오늘은 내가 빨랫줄에 달려 옷걸이 위에서 그네 타는 기분으로 일을 시작했다.

처음 방문하게 되는 댁은 여러 가지 조건과 상황을 미리 파악하면 적응하기가 쉽다. 대상자의 성별, 나이, 동거가족 반려동물 유무, 불러야 할 호칭 등을 센터장에게 묻는다. 이번에 만나는 댁은 대상자가 너무 젊어서 어르신이라 부르기 곤란하니 사모님으로 불러라 했다. 얼마나 젊었을까. 어떤 분일까. 궁금한 마음으로 뵙게 되었다. 대상자는 그동안 내가 만난 분 중에 가장 젊은 분이었다. 남편 분은 교편을 잡았는데 정년퇴직했다고 한다. 아내를 돕기 위해 요양보호사 자격증을 소지하고 있었다. 사모님은 오른쪽 팔 근육이 점점 힘을 잃어 오른손으로 하는 것은 아무것도 할 수 없었다. 여러 군데 병원과 한의원을 다녔지만, 차도가 없고 원인을 찾을 수 없다고 했다. 팔은 조금씩 힘을 잃어 가고 있었다. 손도 마음대로 움직이지 못했다. 손에 작은 상처 하나만 있어도 모든 것이 불편한데, 얼마나 불편하실까. 첫날은 센터장과 함께 방문해서 인사를 하고, 해야 할 일을 파악했다. 처음에는 주3일 출근했다. 얼마간 시간이 지나고 주5일 출근을 했다.

출근하면 상황을 보고 청소나 설거지를 먼저 한다. 청소할 동안 세탁기에 빨래를 돌렸다. 청소기로 돌리고 닦으면 집은 깨끗하게 보인다. 다른 집에서는 청소기 돌리고 닦는 것으로 청소를 끝냈다. 한쪽 팔을 못 쓰니 눈에는 훤하고 하지 못하는 마음은 오죽 안타까울까 생각하고 얼른 물걸레를 빨았다. 청소기를 돌려도 기계가 닿지 않는 소파 아래 커튼 뒤 에어컨 뒤는 물걸레로 닦았다. 청소기를 돌렸지만, 기계가 닿지 않는 곳에는 찌꺼기와 먼지가 쌓여 있었다. 그렇게까지 하지 않아도 되는데…. 말끝을 흐리셨지만, 얼굴은 환하게 웃었다. 바쁘게 일만 하는 나에게 쉬었다 하라고 하면서 왼손으로 냉장고에서 과일을 꺼내 주시면서 먹고 하라고 챙겨 주기도 했다. 배려하는 마음에 감사했다. 내 집안일 하듯이 우러나오는 마음으로 일을 할 수 있었다. 힘든 일이 있어도 언니처럼 챙겨 주시는 사모님께 조금이라도 도움이 되고 싶었다. 힘이 되어 드리고 싶었다. 센터에서는 한 시간 일하고 십 분 쉬라고 하지만 집안일 하면서 한 시간 알람 맞추어 두고 십 분 쉬는 사람이 있을까.

손뼉도 마주쳐야 소리가 난다. 서로 마음이 통하니 어떤 일도 할 수 있었다. 3시간 동안 쉬지 않고 일을 하다보니 어떤 날은 사모님이 나와 차 한잔하자 하실 때도 있었다. 물을 끓여 찻잔을 들고 앉았다. 주로 보호자가 외출하고 집에 계시지 않을 때 남편에게 섭섭함과 애로를 이야기했다. 아파본 사람만이 아픈 사람 심정을 헤아릴 수 있을 것이다. 나처럼 아파보지 않은 남편은 내 마음을 모른다고 했다. 젊어서 술을 드시고 사고 친 이야기도 했다. 그때 내가 얼마나 힘들었는지 그 마음을 알아달라는 아우성으로 들렸다. 인간은 누구나 인정과 칭찬을 받고 싶어 한다. 힘들고 어려울 때 위로받고 싶은 것이 본능이다. 대학교 때 집단상담은 했지만, 어설픈 상담사가 되어 고개를 끄덕이고 맞장구치며 리엑션을 했다. 조금은 차분해진 얼굴이었다. 퇴근하면서 내 주위 사소한 것에 감사하고 싶었다. 세상 보는 또 다른 눈을 가지고 싶었다. 아내를 위해 요양보호사 자격증을 가진 남편이 얼마나 될까. 바깥 선생님은 선생님대로 내가 열 번 잘하다가 한 번만 잘못하면 저렇게 삐친다고 나에게 하소연했다. 두 분이 서로 감사하고 보듬으면 좋으련만⋯. 그렇게 되는 날이 있으리라 생각하며 발길을 돌렸다. 언젠가 책에서 본 지금, 이 순간 있는 그대로를 감사하라는 말이 생각났다. 두 분을 보면서 나부터 나에게 감사를 했다. 몸 아프지 않고 누군가를 도울 수 있음이 감사했다. 귀한 분들 만날 수 있음에 또 감사할 수 있었다. 힘들어도 감사, 어려워도 감사하며 매일 매 순간 감사하며 살아야 할 것 같았다.

주방은 음식을 하는 공간이라 늘 눈길이 머문다. 가스레인지는 닦아도 갈 때마다 지저분했다. 가장 쉬운 요리 계란 프라이 하면서 기름을 많이 두르고 온도 조절이 되지 않아 가스레인지 주변이 기름으로 번들거렸다. 주방세제로 가스레인지를 닦고 있을 때 옆에서 사모님의 목소리가 들린다.

"나는 가스레인지 하나도 못 닦고 살아요."

"당연하지요. 아픈데 어떻게 합니까 걱정하지 마세요. 제가 해드릴게요." 설거지를 마치고 가스레인지 묵은 때까지 싹 벗겨 냈다. 처음에는 가스레인지의 묵은 때가 보이지 않았다. 근무하다 보니 묵은 때들이 눈에 들어왔다. 내 마음에 묵은 때도 함께 벗기는 심정으로 닦아 냈다. 평소에는 보이지 않은 것들이 하나를 찾고 나니 자꾸 눈에 띄었다. 주방 바닥도 오래된 때 자국으로 얼룩얼룩하게 보였다. 세제를 뿌리고 잠시 뒤에 문질러 닦으니 금방 본래의 깨끗한 모습으로 보인다. 청소를 마치고 사모님의 환한 얼굴을 보니 고단함이 어디론가 사라진 것 같았다.

일주일에 두 번 아파트에는 트럭 시장이 열린다. 과일과 채소를 판다. 손님은 아파트 주민들이고 가게는 트럭 한 대다. 아내는 판매하고 남편은 배달했다. 정겨웠다. 덤도 있었고 오백 원 에누리도 있었다. 장을 봐 오면, 야채를 다듬고 씻고 썰어 통에 담았다. 찌개도 끓이고 나물도 삶아서 무쳤다. 겉절이는 미리 하면 숨이 죽기 때문에 썰어서 통에 담아 두고 양념장은 따로 만들어 담아 두었다. 파는 된장찌개용으로 1~2cm 길이로 썰고, 국거리 파는 어슷하게 썰어 통에 담았다. 열무를 사 오면 양파와 홍고추를 넣고 물김치를 담았다. 시장에 가기 전 미리 물을 끓여 식혀 두었다가 다듬은 열무와 양파를 썰어 넣었다. 음식은 간이 중요한데 사모님이 옆에서 간을 봐주니 어려울 게 없었다. 세 시간 안에 마쳐야 하는 일이라 시장을 보고 오는 날은 늘 마음이 바빴다. 청소와 빨래를 평일처럼 하고 구입한 채소를 장만해야 하기 때문이었다.

옛날에 지어진 아파트라 베란다에 있는 빨랫줄이 꽤 높았다. 요즘처럼 리모컨으로 오르내리는 것이 아닌 고정된 빨랫줄이었다. 싱크대 수세미 통에 담겨 있던 수세미와 행주를 삶아 빨고 빨랫줄에 까치발로 서서 널어놓고 퇴근했다. 다음날 출근하니 바깥 선생님이 지금까지 행주와 수세미를 말린다는 것을 생각도 못 했는데, 아주 잘했다고 칭찬하셨다. 청소하면서 베란다에 나가 보니 높은 빨랫줄에 수직으로 늘어뜨린 줄 끝에 옷걸이를 매달아 두었다. 옷걸이에는 빨래집게가 3~4개씩 끼워져 있었다. 옷걸이에 매달린 빨래집게가 파란 하늘 아래 그네를 타고 있었다. 이제는 까치발로 수세미를 널 필요가 없었다. 수세미와 행주는 이쪽 옷걸이에 그네를 태웠다. 조금 떨어진 옷걸이에는 둥근 바닥 걸레를 나누어 태웠다. 행주와 걸레를 나란히 널지 않으니, 위생적으로 건조시킬 수 있었다.

빨랫줄이 높아서 힘이 들었다. 그냥 말없이 이용했는데, 일하는 사람 마음을 헤아려 주는 마음이 귀하게 느껴졌다. 나는 복 받은 사람이라는 생각이 들었다 높은 가을 하늘 아래 그네 타는 빨래집게가 된 기분이다. 이 댁에서는 무슨 일이든지 할 수 있을 것 같았다. 세 시간 동안 잠시도 쉬지 않고 일하지만, 그때는 고단하지 않았다. 물론 밤에는 녹초가 되었다. 퇴근할 때는 뭐 더 해드릴 게 없나. 다음에는 뭘 좀 더 해 드릴 수 있을까. 생각하며 기분 좋게 문을 나설 수 있었다. 다음 목적지를 향해 가면서도 나도 누군가에게 작은 도움을 줄 수 있다는 것이 감사했다. 요양보호사로서 역할을 제대로 한 것 같아서 발걸음이 가벼웠다. 내가 하는 일에 만족과 보람을 느낄 수 있음이 감사했다.

5

만학도의 길

놓쳤다. 아쉽다. 붙잡고 싶었다. 발버둥 쳤다. 놓치고 싶지 않았다. 한사코 매달렸다. 낭떠러지에서 떨어지지 않으려고 안간힘을 썼다. 버둥거리며 버텼다. 견뎌냈다. 할 수 있었다. 나이는 문제가 아니었다. 내 마음이 문제였다. 하고자 하는 욕구, 의욕, 자신감의 문제다. 나이가 무슨 대수인가.

연세는 아흔 다섯. 할머니의 흰 머릿속에는 명석하고 현명함이 가득했다. 젊어서 장사를 하셨고, 구 남매를 전부 대학 공부를 시켰다고 하셨다. 지금은 따님과 함께 계신다. 코로나가 되기 전 센터에는 주 1회 자원봉사자들이 왔다. 그들이 할머니께 한글을 가르쳐 드렸다. 학원을 하면서 아이들에게 글을 가르친 경험이 있어서 인지 자꾸만 눈길이 갔다. 공책에 글씨 쓰는 모습을 보면 아이들이 글을 처음 배우던 모습을 보는 듯했다. 삐뚤빼뚤한 글씨지만 할머니의 학구열이 느껴졌다. 와! 정말 잘하신다. 혼자 계시는 공간에서는 너무 잘하고 계신다고 수시로 칭찬을 해드렸다.

"잘하긴 뭘 잘해." 말은 그렇게 하셨지만, 얼굴에는 자신감이 넘쳤다. 한 자씩 익힌 글자는 쪽지에 적어서 시간만 나면 혼자 읽었다. 모르는 글씨는 옆에 앉은 어르신이 가르쳐 드리기도 하고, 선생님들이 오며 가며 알려 드렸다. 나는 스스로 만학도라 생각했는데 아흔 다섯에 글을 배우는 할머니에 비하면 애송이다. 재활용품 배출하러 갔다가 글씨가 큰 동화책을 보았다. 몇 권을 가져다드렸다. 할머니는 고맙다고 하시며, 한동안 센터 사물함에 두었다. 어느 날 집에 가서 읽겠다고 가지고 가셨다.

고등학교를 졸업하고 대학에 가기 위해 직업 전선에 뛰어들었다. 돈을 벌어 5~6년 아래 동생들과 공부해야 했다. 전문대학을 택하고 학과장 교수님을 찾아갔다. 이 과에 들어오면 무엇을 배우고 취직은 어떻게 되는지 물었다. 내가 번 돈으로 학비를 충당해야 했다. 성적을 말씀드리고 장학금을 받을 수 있느냐고 여쭈었다. 장학금을 받을 수 있다는 말에 다른 것은 따질 겨를이 없었다. 등록을 마쳤다. 계명전문대 지금은 계명문화대학이다. 정문에 현수막이 크게 걸려 있었다.

"Everybody is special to God."

모든 사람은 신 앞에 특별하다. 동기생들보다 나이가 많은 것 외에는 아무것도 특별한 게 없었다. 뭐가 특별한지 몰랐다. 오리엔테이션을 경주 코오롱 호텔에서 했다. 신입생 500여 명 모인 자리에서 우리 과 대표로 분임 토의 결과를 발표했다. 살짝 떨렸던 그 긴장감은 지금도 짜릿하다. 입학하고, 학교 1층부터 6층까지 사무실 문을 처음부터 끝까지 전부 두드렸다.

"안녕하세요. 저는 신입생인데요. 여기는 뭐 하는 곳입니까?" 그렇게 가고 싶은 대학에 왔으니 어디에 뭐가 있는지 알아야 했다. 6층까지 묻고 다녔다. 지금 생각하면 웃음이 절로 나온다. 그때 나에게는 중요한 문제였다. 학생 생활연구소가 3층에 있었다. 집단 상담과 리더십 연수를 한다고 했다. 지그 지글러의 『정상에서 만납시다』와 데일 카네기의 『카네기 인간관계론』을 읽고 있었는데 리더십 연수회라는 말에 눈이 번쩍 뜨였다. 신청서를 작성하고 참석했다. 당시 경북대 김성회 교수님 시간이 되었다.

"여러분이 나보다 나은 것이 뭐가 있느냐?"고 물었다. 겉으로 보기엔 가진 것도 학력도 우리가 교수님보다 나은 것은 하나도 없었다. 그렇지만 우리는 모두 교수님보다 나이가 어렸다. 손을 번쩍 들고 자신 있게 "젊음"이라고 큰 소리로 대답했다. 학생 생활연구소 이수용 소장님, 조교 언니와 점점 친해졌고 학기마다 집단상담 리더를 맡았다. 이수용 교수님께 리더 교육을 받고 동기생이나 후배들의 리더로 집단상담을 진행했다. I massage, You massage, 자기수용, 자기 이해, 자기 노출, 자기 계발. 지금은 흔히 쓰는 말들이지만, 그때 만해도 새로운 세상을 만난 것 같았다. 늦은 나이에 동생들과 배우는 공부였지만, 하나씩 배우면서 꿈을 키웠다. 도서관, 실습실, 강의실과 학생 생활연구소에서만 생활했다. 수업은 강의실과 실습실에서 받고 그 외 시간은 도서관과 학생 생활연구소에서 보냈다. 장학금을 받기 위해 다른 곳으로 눈 돌릴 겨를이 없었다. 캠퍼스의 낭만은 나에게 사치라고 생각했다. 같은 과 아이들이 미팅에 함께 하자고 해도 한 번도 가본 적이 없다. '미팅' 나에게는 그림의 떡이었다. 지금 생각하면 한 번 가볼 걸 하는 아쉬움이 남지만, 늘 여유 없이 바쁘게 살아 온 내 모습을 돌아본다. 친구들보다 5~6년 늦게 들어간 전문대학을 졸업 후 방송통신대학 국어국문학과를 10년 만에 졸업한 나는 스스로 만학도라 생각했다. 기말고사를 안동 대학에서 치는데 다섯 살 된 큰 딸 진희를 데리고 갔다. 감독관이 안 된다고 하면 어쩌나 마음을 졸였다. 오히려 아이에게 말을 걸어 주고 시험 칠 수 있도록 배려해 주어서 감사했던 마음이 지금도 생각난다. 뜻이 있으면 길이 있다. 나이가 배움의 걸림돌이 될 수는 없었다. 배우고자 하는 열정과 하고자 하는 의지만 필요할 뿐이다.

내가 송영을 나가는 날은 할머니께 간판에 있는 글씨를 물었다. 눈치 없는 운전원은 어르신이 간판 읽는 것은 눈곱만큼도 관심이 없어 보였다. 도로 위의 차량 흐름만 보고 평소보다 더 빨리 가 버린 것 같았다. 얄미웠다. 본인은 안전 운전만 하면 될 일이다. 운전대를 확 빼앗아 내가 운전해 버릴까. 간판을 읽지 못하고 차가 지나가 버리면 앞이나 옆에 있는 버스의 글씨를 물었다. 더듬더듬 글씨를 읽으면 나는 손뼉을 쳤고, 할머니 얼굴도 환해졌다. 글을 배우기 시작한 지 3~4개월 정도 되었을 때 더듬더듬 글씨를 읽어내셨다. 읽다가 어려운 것은 지어내기도 하셨지만, 할머니는 글을 읽을 수 있게 되었다. 잘하고 계신다는 원장님의 따뜻한 격려 한 마디도 할머니께는 큰 힘이 되었다.

자식은 공부하고 배우라고 하면서 부모님께 배워보시라고 하면 죽을 날 가까운데 글씨를 배워서 뭐 하냐고, 이때까지도 그냥 살았는데, 하면서 그 꿈을 자르지 않으면 좋겠다. 나이가 많다는 이유로 돌아가실 때가 되었다는 이유로 어르신의 꿈이 사라지게 해서는 안 된다. 젊은이에게 꿈을 펼쳐라 하면 어르신의 꿈도 펼쳐야 한다. 나이 드신 분이 좋은 분 만나 사랑을 나누고 연애하는 것도 열정과 욕구가 살아 있다는 것이다. 그분이 진정 행복한 삶을 살수 있다면 환영하고 축복할 일이다. 젊은이 부럽지 않은 어르신의 꿈과 열정을 무시하지 말아야 한다. 늙었다는 이유로 어르신의 꿈을 모른 척하지 않았으면 좋겠다. 혼자 되신 분이 사랑하고 연애하면 참 잘된일이라고 축하해드리면 좋다. 센터에서 작품을 만들어 가면. "와~ 이거 엄마가 만들었어? 대단한데. 정말 잘 만드셨네." 이 말 한마디만 해도 어르신의 얼굴은 자신감으로 가득 찰 것이다. 말로만 하는 응원이 아니라, 온 마음을 다해 응원해드리자.

젊은이 못지않은 어르신의 꿈과 열정을 무시하지 말아야 한다. 내가 바쁘고 여유 없다고 부모님이 가진 꿈과 욕구를 무시하는 자식은 되지 않아야겠다. 다짐한다. 분명한 것은 나이는 숫자다. 나이는 숫자에 불과한 것이다. 마음만큼은 젊은이한테 뒤지지 않는 열정이 있다. 그 꿈을 이루도록 이제는 자식들이 부모를 도와 드려야 할 때다. 배우고 성장할 욕구는 누구도 막을 수 없고 막아서도 안 된다. 배움의 욕구, 도전의 욕구, 젊은이의 전용물이 아니다. 오늘은 누구에게 어떤 것을 배울 수 있을까. 나 자신에게 어떤 배움을 선사할 수 있을까. 자전거 페달을 힘차게 밟는다. 자신감 넘치는 어르신들이 의욕적으로 활기차게 사는 그날을 그려 본다.

6

캘리그라피와 해외여행

굳어진다. 점점 굳어간다. 머리도 굳어지고 손도 굳어진다. 완전히 굳어지면 끝장이다. 손도 죽고 뇌도 죽는다. 굳기 전에 움직여야 한다. 손도 움직이고 뇌도 움직여야 한다. 그림 색칠을 한다. 캘리그라피 글씨도 쓴다. 마음대로 손을 움직일 수 있다. 다행이다. 스스로 하시는 모습이 감사하다. 더 많이 도와드리고 싶다.

강 할아버지는 붓글씨도 잘 쓰시고, 그림 색칠도 잘하셨다. 색칠하는 그림은 매일 다르지만 약간의 변화를 주고 싶었다. 캘리그라피를 알아봤다. 캘리그라피는 오래전부터 내가 배우고 싶었지만, 기회가 없었다. 마침 블로그 이웃 중에 캘리그라피 선생님이 있었다. 사정을 말하고 견본 글씨를 받았다. 획 긋는 연습을 했다. 강

할아버지는 젊어서 붓글씨를 써서 기본은 되어 있었다. 캘리그라 피 선생님처럼 할 필요가 없다. 어르신만의 캘리그라피를 하면 된 다 생각했다. 보호자가 캘리그라피 도구를 구입하도록 넉넉하게 지원해 주셨다. 백지 노트에 연필로 큼지막하게 칸을 그렸다. '가' 부터 시작해서 하 까지 적었다. 하루하루 자음과 모음 획에 힘이 들어가는 모습이 보였다. 글씨 연습을 끝내고 받침 글씨를 썼다. 두 글자로 된 낱말 첫 칸을 적어 드리면 어르신이 따라 썼다. 선생 님이 보내 준 문구를 다 쓰고 나니 쓸 것이 없었다. '어르신만의 캘 리그라피였지.' 명언과 격언을 찾아서 이면지에 유성 매직으로 큼 지막하게 정자로 또박또박 적었다. 탈무드, 채근담, 논어에 있는 좋은 문구와 유명 철학자들의 말을 적어 드렸다. 하루에 다섯 장 내외로 준비하고 어르신 컨디션에 따라 양을 조절했다. 캘리그라 피 쓰는 노트를 시작할 때는 맨 앞면에 날짜를 쓰고 어르신이 사인 하도록 했다. 명언과 격언도 동이 났다. 그동안 쓰신 이면지가 책 상 한쪽에 한 뼘 넘게 쌓였다. 할아버지는 장로님이셨고, 할머니는 신학대학 공부를 하셨다. 지금은 외출이 어려워 교회를 가지 못하 셨다. 시편 1장부터 A4 용지에 한 절씩 적어 드렸다. 시편을 쓰고 부터는 교재 준비가 수월했다. 핸드폰 앱에서 시편을 보고 계속 적 어 드렸다. 강 할아버지도 시편을 좋아하셨다. 미국에서 딸이 왔 다. 아버지가 쓰신 캘리그라피 노트를 가져가도 되는지 물었다. 얼마든지 가져가라고 했다. 자주 뵙지 못하는 아버지의 모습을 글씨로라도 보고 싶은 딸의 마음을 헤아릴 수 있었다.

캘리그라피가 끝나면 색칠하기를 한다. 어르신과 해외여행을 다녀오기로 했다. 코로나 상황도 문제없었다. 시간이 없어도 괜찮다. 미리 비행기 티켓을 준비하지 않아도 다녀올 수 있었다. 24색 색연필 한 통만 들고 매일 한 나라씩 다녀왔다. 11개국을 여행했다.

따님이 사는 미국을 가장 먼저 가기로 하고 성조기 색칠을 했다. 미국 국민을 만나 미국은 자유 민주국가로 모범이 될 만한 나라라고 말하며 악수를 청했다. 미국은 자유와 민주 의식을 지키는 힘을 가지고 있다며 칭찬했다. 1952년 여름에 미국 가서 핫도그를 처음 먹었다라고 하셨다. 미국 사람들은 뜨거운 개고기를 먹나 생각했다고 하셔서 손뼉을 치며 웃었다.

가까운 중국에 가자고 했다. 만리장성을 쌓은 중국의 국민성과 끈기에 경의를 표한다. 주위에 있던 사람들이 손뼉을 쳤다. 할아버지는 만리장성 쌓는 노력을 중국 10억 인구가 잘 사는 방법을 연구했으면 하는 아쉬움을 표했다. 만리장성은 역사적으로 기록되고 잘 보존되어야 한다고 중국인들에게 당부하고 돌아왔다.

역시 할아버지 꿈은 살아 있었다. 스웨덴 국민을 만났다. 추운 지방에서 자연을 견디는 삶에 존경을 표한다며 인사했다. 스웨덴

해안선을 따라 여행을 해보고 싶다 했다. 여행하시도록 하고 나는 먼저 돌아왔다.

지구본을 들고 왔다. 이탈리아로 가기로 했다. 이탈리아에서 스파게티를 맛있게 드신 후 이탈리아 국민에게 스파게티 드시고 건강하게 잘 살라 하시며 손을 흔드셨다. 스파게티 먹었으니, 풍차의 나라 네덜란드에 가자고 하셨다.

네덜란드에 도착했다. 멀리서 돌아가는 풍차가 보였다. 자연을 이겨 내는 국민들에게 존경을 표했다. 해수면보다 낮은 땅에서 농사를 짓고 어려움을 이겨 내는 국민을 격려했다. 우리도 당신들의 강한 정신력을 본받아 잘 사는 나라로 만들겠다. 약속하고 비행기에 오르셨다.

서울은 쾌청했다. 독일 날씨가 궁금하다 하셔서 독일로 출발했다. 베를린에 도착했다. 독일은 군사력이 강하고 과학기술이 발전한 나라지만, 히틀러 같은 독재자가 나왔다고 알려주셨다. 기술이 발달한 경제 대국 독일의 박물관을 둘러보고 싶다고 하셔서 천천히 보시도록 했다.

캐나다에 있는 둘째 딸 선희가 캐나다 풍경 사진을 보내왔다. 어르신이 캐나다로 가신다, 하셔서 나도 따라나섰다. 비행기 안에서 캐나다는 영국 연방에 속한 나라라고 미리 일러 주셨다. 넓은 땅과 인심 좋은 국민을 만나 반갑다고 했다. 6.25 사변 때 우리나라를 도와준 우방국이라고 감사를 전했다. 미리 선물 준비를 못 해서 아쉬웠다. 캐나다 관광을 하자고 하셔서 덕분에 캐나다 여행을 했다.

북미를 다녀왔으니, 오늘은 브라질 가서 관광과 산업 시찰을 하자 하셨다. 남아메리카 대륙 중앙에 가장 큰 나라다. 항공 분야가 발달한 나라라고 하셨다. 비행기 만든 할아버지는 역시 달랐다. 젊은 나보다 훨씬 해외여행을 좋아하시고 박식하셨다.

알프스 소녀 하이디를 만나러 스위스에 가자고 했다. 어릴 때 읽은 하이디를 만난다 생각하니 요들송이 생각났다. 유럽에 있는 영세 중립국이고 은행이 발달했다. 알프스는 너무 높아서 오르지 못하고 멀리서 바라보다 돌아왔다.

벨기에 은행들을 보여 주신다. 했다. 쭈뼛거리며 따라갔다. 서울의 부자답게 어깨를 펴고 당당하게 은행에 들어간다. 금융과 무역 현장을 둘러보셨다. 근면한 국민성을 칭찬하셨다. 내 나이가 많아서 마지막이 될 것 같다고 인사를 하셨다. 돌아오는 발걸음이 무거웠다.

해외여행 티켓이 마지막 한 장 남았다. 간디가 사는 인도에 가기로 했다. 인도는 영국의 식민지였다고 알려 주셨다. 국민은 여러 종교를 믿는 다신교 국가라 했다. 힌두교와 불교가 막강하다. 인도의 시골에 가보고 싶다고 하셨다. 인도 시골에서 농부를 만나 대화했다. 내가 젊을 때 우리나라 모습을 본 것 같다고 하셨다.

전 세계 11개국을 다녀 봤지만 그래도 우리나라가 최고라고 하신다.

이번 여행지에서는 빠졌지만, 해외여행 중 가장 기억에 남는 곳은 뉴질랜드 남북 섬에서 빙하를 봤을 때가 기억에 남는다. 하셨다 이번 해외여행을 위해 24색 색연필과 그림 보관 파일을 협찬해 주신 아드님께도 고맙다고 전해달라고 하셨다.

해외여행을 마치고 오니 3.1 절이 다가오고 있었다. A4 용지 반을 나누어 위에는 태극기를 색칠하고 아래는 3월 달력을 만들었다.

달력은 빈칸을 많이 두고 채우도록 했다. 할아버지는 정확하게 채웠다. 해외여행을 다녀오신 후 인지 상태가 훨씬 나아진 것 같았다. 따로 무궁화를 색칠하고 오려서 태극기 좌우에 붙였다. 태극기와 무궁화 3월의 달력이 완성되었다. 3.1 운동 만세 소리가 멀리서 들려오는 듯하다. 대한 독립 만세를 부르던 젊었을 때 할아버지 모습을 그려본다.

붙이는 말 : (그림 색칠을 하시고 나면 종이 뒷면에 그 나라에 대한 생각, 느

낌, 그 나라의 유명한 것, 국민들에게 부탁하시고 싶은 말씀 등을 적어달라

고 부탁을 드렸고 어르신이 적으신 것을 바탕으로 각색 해봤습니다.)

7

과유불급

몸이 가벼워 날아갈 것 같았다. 생각을 놓쳤다. 몸 따로 마음 따로였다. 화분에 물을 주려고 들고 오다가 거실에서 미끄러졌다. 거실 바닥에 물 바다가 되고 물 바게스와 바가지는 내동댕이쳤다. 나동그라졌다. 꼼짝할 수 없이 주저앉아 있었다. 사람이 올 때까지.

아파트 베란다에서 보이는 건너편에 하얀 목련이 소담스러운 꽃을 피우고 활짝 웃고 있다. 젊어서 교직에 계셨다고 한다. 자그마한 체구지만 맑고 깨끗한 기품이 있었다. 신문을 보거나 TV로 세상을 읽었다. 따님은 가까이 살았다. 수시로 반찬을 해서 들렀다. 9시에 출근하면 식사부터 챙긴다. 나는 8시면 일어나니까 문 두드리지 말고 그냥 열고 들어와요. 사실 너무 일찍 와서 조심스러웠는데 마음이 놓였다. 밥은 반 공기 정도 국과 냉장고에 있는 반찬 서너 가지를 데워서 차반에 올린다. 약을 드시도록 물 한 컵과 함께 거실 소파로 가져간다. 할머니는 소파에 앉은 자리에서 양다리를 위로 올려 앞으로 쭉 뻗는다. 다리 위에 차반을 올려놓고 식사했다. 식사하실 동안 세탁기 빨래를 돌리고 안방과 주방 청소기를 돌린다. 세면장은 깨끗하게 사용하셨지만, 청소했다. 보호자는 엄마가 남긴 음식은 전부 버리라고 했다. 음식물 쓰레기를 줄이기 위해 반찬은 조금씩 담았다. 그래도 남는 것은 다시 통에 담을 수 없어서 버렸다. 밥은 반 공기 남짓 드려도 한두 숟가락 남을 때도 있었다. 함께 드실 사람도 없고 힘든 노동을 하지 않으니, 입맛이 없으신 것 같았다. 어릴 때 엄마가 밥을 버리면 '벌' 받는다는 교육을 단단히 받았다. 한 술 남았지만, 하얀 쌀밥을 버릴 수 없었다. '그래 누룽지를 만들어야겠구나.' 생각하고 한 숟가락 남은 밥으로 프라이펜에서 누룽지를 만들었다. 앙증맞은 누룽지 하나가 생겼다. 접시에 담아 놓고 퇴근했다. 이튿날 와서 보니 누룽지를 다 드셨다. 혹여 이빨을 다칠 것 같아서 누룽지가 생기면 푹 끓여서 드렸다. 세탁기 빨래를 널고 청소와 설거지를 마쳤다. '제가 발 마사지를 조금 배웠는데 한번 해드릴까요.' 조심스레 말씀드렸다. 좋다고 하셨다. 거실에서 안방으로 가만가만 걸어가셨다. 보행이 자유롭지 못해 지팡이를 가져다 달라고 했다. 왼팔을 부축해 안방으로 모시고 침대에 천천히 눕게 했다. 발 마사지하기 좋도록 위치를 제대로 맞추었다. 수건을 깔고 발 마사지 크림을 발과 다리에 부드럽게 문질렀다. 발에 긴장을 풀도록 조심스럽게 시작했다. 잠깐 코 고는 소리가 났다. 발 마사지할 때는 늘 마사지 받는 사람의 얼굴을 보라고 하신 선생님의 말씀이 생각났다. 편안해 보였다. 발 마사지를 마친 후 몸이 가볍다고 하셨다. 퇴근하면서 오늘 한 일과 상황을 따님께 카톡으로 보냈다. 고맙다는 답이 왔다.

요즘은 세탁기가 있어 빨래 삶는 집을 찾기 어렵다. 할머니 댁은 빨래 삶는 그릇이 크기 별로 있어서 좋았다. 빨래 양에 따라 그릇을 선택할 수 있었다. 깔끔하신 성격이라 매일 샤워를 하고 속옷을 갈아입었다. 벗어 둔 빨래는 며칠 모았다가 삶아서 세탁기를 돌렸다. 어느 날인가 팬티에 피가 묻어있어서 따님께 사진을 찍어서 보냈다. 대상자의 상태와 특이 사항은 보호자와 소통이 되어야 제대로 된 돌봄이 된다고 생각했다. 오늘도 발 마사지를 해드리기로 했다. 어제보다 걸음이 한결 가벼워 보인다. 지팡이를 찾지 않았다. 정말 도움이 되시나. 하루 만에 어떻게 금방 효과가 있을까. 발 마사지를 배우고 봉사활동을 나가서 단체로 한 번씩 해드렸다. 개별적으로 지속해서 해드린 일은 처음이다. 어르신 걷는 모습을 보고도 반신반의했다. 오늘은 미리 말씀드렸다. 주무셔도 되고 온몸에 힘을 쭉 빼고 저한테 완전히 믿고 맡기시면 됩니다. 발 마사지하는 동안 얼굴이 편안해 보였다. 어제는 따뜻한 물 드리는 것을 잊어버려 드리지 못했다. 마사지 후에는 물을 충분히 드시면 노폐물이 밖으로 배출된다. 말씀드리고 물을 데워서 드렸다. 날아갈 것 같다고 하셨다. '이렇게 발 마사지를 받기만 해서 우짜노.' 하시면서 이만 원을 주셨다. 센터에서는 근무 중에 돈을 받지 못하도록 했다. 주시는데 극구 사양하는 것도 예의가 아닌 것 같아서 감사한 마음으로 받았다. 퇴근하면서 따님에게 어르신이 이만 원 주셨다고 말했다. 이만 원이 크다면 크고 작다면 작은 돈이다. 발 마사지를 하고 돈을 받기는 처음이었다. 나에게는 너무 귀하고 가치 있는 소중한 이만 원이었다. 쓸 곳이 있고 쓰고 싶었지만, 비상금 수첩에 넣어두었다. 언제까지나 기념으로 간직하고 싶었다.

반찬이 한 가지만 더 있어도 밥상이 풍성해 보인다. 보호자가 밑반찬을 해서 가져다 놓았지만, 함께 차리면 한 술 더 드시지 않을까 생각하면서 집에서 만든 반찬이 있으면 조금씩 가져다드렸다. 할머니는 첫날 뵐 때보다 하루하루 기운을 차리고 생기가 돌아서 매일 감사했다. 따님이 왔다. 엄마 경희 씨가 나보다 나이가 어려서 내가 언니하고 동생하기로 했어. 어르신이 빙그레 미소 지으며 웃었다. 보호자를 언니라고 부르면서 지냈다.

일주일째 되는 날이었다. 평소와 다름없이 출근했다. 문을 여는 순간 깜짝 놀랐다. 거실은 물바다가 되었고 양동이와 바가지가 나동그라져 있었다. 할머니는 움직이지 못하고 바닥에 주저앉아 있었다. 어떻게 된 일이냐고 물었다. 꽃에 물을 준다고 바게스에 물을 받아 오다가 넘어졌다고 했다. 할머니를 조심해서 소파로 모신 후, 거실에 물을 닦았다. 우리 딸이 알면 야단난다고 딸에게는 절대로 말하지 말라고 했다. 걱정하지 마시라 했다. 할머니를 안심시켰다. 딸이다 보니 아무래도 모친께 야단을 치는 모양이었다. 빨래하는 척하고 거실과 멀리 떨어진 세탁실로 가서 따님께 전화했다. 할머니가 아시면 혼난다고 걱정하시니 모른 척하고 집에 들러달라고 부탁했다. 잠시 뒤에 딸이 왔다. 어디가 어떻게 아픈지 물었고 연고와 파스를 다친 곳에 붙였다. 할머니는 크게 아파하지 않으셨다. 추어탕을 데워서 아침을 드리니 다 드셨다. 지금 생각하니 주변에 폐를 끼치지 않으려고 억지로 참은 것 같았다. 오히려 큰일로 키우는 것을 생각하지 못한 것이다.

이튿날 아침 7시경 보호자 연락이 왔다. 새벽에 기분이 이상해서 6시에 집에 가보니 화장실 갔다가 방까지 들어가지 못하고 서 있었다고 했다. 지금은 기저귀를 채워 드렸다고 했다. 부랴부랴 준비하고 집을 나섰다 9시 출근이지만, 8시 조금 넘어서 도착했다. 침대에 누워 계셨다. 아침밥을 드시지 않겠다고 하셨다. 병원 가시면 한 술이라도 드시고 가야 한다고 말씀드리고 억지로 한 술 드시도록 했다. 119 연락하고 기다리니 구급대원들이 도착했다. 구급대원이 차에서 할머니 생년월일을 물었다. 정확하게 대답했다. 할머니가 소변이 마렵다고 했다. 구급대원이 할머니 기저귀에 싸라고 했다. 할머니는 기저귀에 볼 수 없다고 했다. 할머니 젊어서 선생님 했지. 선생님 하신 분들은 기저귀에 오줌 못 싼다. 손자 같은 구급대원이 말했다. 같은 여의도에 있는 병원이 그날따라 무척 멀게 느껴졌다. 접수하고 기다리는 동안 며느리가 도착했다. 걸어서 할머니 집으로 왔다. 집을 대충 정리하고 마쳤다.

과유불급(過猶不及)이 생각난다. 발 마사지를 해드리지 않았더라면 바게스 들고 물 준다고 하지 않았을 테고 바게스에 물을 담지 않았으면 다치지 않았을 것이다. 병원에서 오랫동안 얼마나 고생하셨을까. 보호자는 얼마나 힘들었을까 생각할수록 죄책감이 느껴져 가슴이 답답하다. 어르신 안부를 묻고 싶어도 너 때문에 우리 엄마가 병원에 계시고 우리가 이렇게 고생하고 있다고 할 것 같아 자주 전화할 수도 없었다. 지금도 죄책감이 느껴진다. 시골에서 개두릅을 보내왔다. 병원 계시면 입맛이 없을 텐데. 조금이라도 드리고 싶었다. 보호자께 전화했다. 어르신 상태가 많이 좋아지셨다고 했다. 마음이 조금 놓였다. 만나서 개두릅을 전했다. 몇 달 뒤 퇴원하고 입주 요양사가 있다는 소식을 들었다. 인지 상태는 많이 나빠졌다고 했다. 지금도 어르신 소식이 궁금하다. 조용하게 미소 짓던 모습이 그립다. 뵙지를 못하지만, 쾌유를 빌었다. 세상일이 내 뜻대로 되면 좋겠지만 나는 내가 할 일 최선을 다하고 결과는 하늘에 맡겨야 한다. 나는 좋은 의도로 했지만, 오히려 하지 않는 것보다 못한 결과가 되었다. 행동하나 말 한마디 조심하고 신중해야겠다.

8

오래된 청소기 만나던 날

늙는다. 시간이 지나고 나이가 들면 모든 것이 늙는다. 인정할 것은 인정하고 받아들여야 한다. 사람도 늙고 기계도 늙는다. 늙은 청소기를 현역 청소기로 착각했다. 고생했다. 죽는 줄 알았다. 나이에 맞게 살자. 상황에 맞게 대해야겠다. 앓던 이가 쑥 빠진 것 같다.

약간 게으른 편이다. 성격이 깔끔하지도 못하고 정리 정돈을 잘하지 못한다. 오히려 어질러진 곳에서 내가 둔 것을 기억하고 찾아내는 편이다. 정리 정돈 배우고 깔끔하게 정리하여 살고 싶지만, 마음뿐이다. 하는 일에 집중하다 보면 청소와 정리 정돈은 늘 뒷전이었다. 손님이 온다고 하면 한 번에 치우곤 했다. 시간이 있어서 집을 깨끗하게 청소해 두면 손님이 오지 않았다. 내가 깨끗하게 청소했을 때 오면 좋으련만, 일이 바빠 집이 지저분하고 난장판이 되면 그때 손님이 온다. 미리 온다는 연락이라도 받으면 하던 일을 멈추고 바쁘게 청소하고 집을 치우기도 했다. 오랜만에 청소하고 개운한 기분으로 며칠 지나면 또 원상 복귀가 되었다. 아이들이 없는 지금은 어지럽힐 일도 치울 일도 별로 없었다. 정리 정돈이 잘 되어야 기(氣)의 흐름이 순환된다는 것을 알지만, 마음먹은 대로 되지 않았다.

청소를 알뜰히 하는 보호자를 만났다. 우리 집이 노후 되어도 내가 이 정도라도 하니 이렇게 유지된다. 라고 했다. 노후 된 아파트는 청소해도 표가 나지 않지만, 하지 않으면 더 지저분해 보인다. 첫 출근 날 청소를 쉽게 하도록 가르쳐 준다고 내 손을 잡아끌었다. 바닥 닦는 직사각형 털 걸레를 물 묻힌 솔로 두어 번 긁어냈다. 바닥에 있던 찌꺼기와 먼지가 떨어져 나왔다. 다시 바닥을 닦듯이 쓸어냈다. 청소기를 돌리는 것이 아니라 수월했지만 뭔가 조금은 찝찝했다. 청소를 알뜰히 한다는 분이 왜 이렇게 청소할까. 이 방법이 수월하다고 자신이 터득한 것일까. 살짝 의문이 생겼지만, 하라는 대로 했다. 며칠이 지나고 나를 불렀다. 며칠 동안 계속 봤는데 바닥에 떨어진 물방울 안에 까만 먼지가 닦이지 않고 그대로 있어서 내가 닦았다며 오늘부터는 밀대로 쓸어내고 걸레를 빨아서 주방과 거실을 다시 닦아 달라고 했다. 순간 뒤통수를 한 대 크게 얻어맞은 것 같았다. 평소에 내가 맡은 일에 대해서는 완벽하게 처리해야 한다 생각을 하는 편이다. 내가 한 일에 대해 일단 미안하다고 말씀드렸다. 처음부터 청소를 쉽게 하는 법을 가르쳐 주지 말든 지 청소기를 주면 될 일 아닌가. 70이 넘은 할머니가 본인 하는 대로 본인 스타일만 믿었겠지. 밀대 자루가 쑥쑥 빠지고 들어갔다 나갔다 하니 힘주어 밀 수가 없었다. 일을 시키려면 연장을 제대로 주고 시키라는 말이 목구멍까지 올라왔지만, 꾹꾹 눌렀다. 힘도 없는 밀대로 밀어서는 바닥에 물기 떨어진 얼룩은 지워지지 않았다. 허리를 숙이거나. 앉아서 걸레 모서리를 잡고 문질러야 지울 수 있었다. 그날은 물걸레로 주방과 거실을 밀고 나니 평소에 좋지 않던 허리가 부서질 것 같았다. 허리가 아파서 앞으로 청소는 이렇게 못하겠다고 했다. 나중에 안 일이지만, 할머니는 얼룩이 보이면 물티슈를 한 장 뽑아서 얼른 닦았다. 왜 나에게도 물티슈로 닦으면 된다고 하지 않았을까. 처음이라 제대로 하라는 뜻일까. 생각이 복잡했다.

스팀청소기가 옆 방에 서 있는 것을 보았다. 사용할 수 있느냐고 물었더니 당연히 할 수 있다고 했다. 차라리 스팀 청소기로 하면 좋겠다고 했다. 힘들 것 같아서 주지 않았다. 하면서 사용하라고 했다. 다니는 집마다 청소기는 다양했다. 스팀 청소기를 사용해 본 적이 있어서 사용할 자신이 있었다. 주인이 나이 든 것처럼 청소기도 시간의 흐름은 막을 수 없었다. 청소기 위에는 세월의 나이가 얌전히 앉아 있었다. 오래되어 보였지만 사용할 수 있는 청소기란 말에 그냥 가지고 나왔다. 손에 익은 스팀 청소기를 다시 만난 것이 반가웠다. 스팀 청소기는 내 마음대로 연하게 움직이질 않았다. 움직일 때마다 뻑뻑 소리를 내며 마치 나이 든 할머니 모습 같았다. 몇 년 전 다른 댁에서 사용한 스팀 청소기와는 비교할 수 없었다. 사람도 그렇지만 기계도 기계의 눈높이에 맞춰 사용해야 하는데, 잠깐 청소기를 내 마음대로 움직이는 순간, "탁 부지직" 소리와 함께 청소기 손잡이가 부러져 버렸다. '아이코 큰일 났다. 이 일을 어쩌지' 여러 가지 생각이 순식간에 겹쳐 지나갔다. 당황스러웠다. 일단 보호자에게 이야기했다. 말로는 "괜찮다" 했지만. 순간 언짢은 표정이 역력했다. 퇴근하는 발걸음이 무거웠다. 퇴근하고 집에서 한경희 스팀 청소기를 검색하고 손잡이 A/S가 되는 기종인지 확인했다. 이튿날, 보호자께 A/S가 되는 모델이라고 했다. 보호자는 청소기를 들고 A/S 센터에 가야 수리할 수 있다고 생각한 모양이었다. 아무것도 모르는 나도 그럼 내가 퇴근하고 다녀오겠다고 말했다. 수리비와 수리 시간은 내가 책임져야 한다고 생각했기 때문이다. 손잡이 부분에 둥근 단추를 뺄 수 있으면 될 것 같은데 맞는 드라이버가 없었다. 드라이버로 뺄 나사가 아니라는 것을 나중에 알게 되었다. 우연히 둥근 단추를 누르니 아래로 내려갔고 부러진 손잡이 자루를 빼낼 수 있었다. 이 자리에 새로 오는 손잡이를 끼워 넣으면 간단히 집에서 해결할 수 있을 것 같았다. 더운데 서비스센터까지 가지 않는 것만도 다행이다. 며칠 뒤 손잡이는 택배로 도착했고 간단히 해결되었다.

서비스란 무엇일까?

서비스(service)의 어원은 'servu(노예)'라는 단어에서 유래되었다고 한다. 즉 '노예가 주인에게 충성한다'는 의미로 시작된 것이다. 현대에 와서 미국의 마케팅학회는 서비스를 '판매를 목적으로 제공하거나 상품 판매와 연계하여 제공하는 활동, 편익, 만족으로 말하고 있다.

서비스의 정의는 고객에게 만족을 주는 무형의 활동과 소유권 이전이 수반하지 않고 제공되며 일반적으로 저장하거나 운반할 수 없으며, 주로 사람에 의해 결정된다. 오늘날 서비스의 의미는 자기의 정성과 노력을 남을 위하여 친절, 봉사 상대방의 부탁을 들어주는 것을 의미한다. 머리로써 하는 것이 아니라 진실한 마음에서 우러나는 행동으로 이루어져야 한다. [식품외식경제참고]

나는 이분께 어떤 서비스를 제공해야 했을까?

첫째, 일단은 바닥에 떨어진 물방울의 먼지까지 지워야 했다. 미처 거기까지 생각하지 못한 것은 인정한다. 밀대로 먼지를 닦아 내라고 하니 그렇게 한 것은 내가 한 일에 대해 완벽하게 처리하지 못한 것 이라는 생각에 마음이 무거웠다.

둘째, 오래된 청소기지만 조심해서 잘 다뤄야 했다. 일하러 온 사람이 고의든 아니든 물건을 파손하면 서로가 곤란해진다. 노후된 기계의 성능에 맞춰서 해야 하는데 내 마음의 열정으로만 하려고 한 것이다. 상대의 눈높이에 맞춘 행동이 중요하다는 것을 다시 한번 느끼게 되었다.

셋째, 기계와 눈높이를 잘 맞추어야 했다. 눈높이를 조절하지 못하면 고장이나 파손의 원인이 될 수 있기 때문이다. 사람과 눈높이를 맞추지 못하면 서로의 대화와 소통이 없어지고 갈등과 오해가 생기는 것처럼.

요양보호사는 무엇보다 상대의 눈높이에 맞춰야 하는 직업이다. 혼자서 아무리 잘한다고 해도 한 손으로 손뼉을 칠 수는 없는 법이다. 상황과 여건에 맞도록 대상자와 보호자의 눈높이를 맞추어야 한다. 대상자와 보호자에게 무조건 잘해야 하는 것이 아니라 그들이 필요로 하는 것이 무엇이지 예리한 관찰과 세심한 관심이 중요하다. 대상자와 보호자 역시 요양보호사를 믿고 소통하는 마음이 중요하다는 생각이 든다. 택배로 도착한 청소기 손잡이를 제대로 끼우고 퇴근하는 날. 오랫동안 앓던 이가 쑥 빠진 것 같았다. 매사에 조심하고 주의하면서 일을 해야겠다. 다짐하며 가벼운 발걸음을 옮겼다.

제 4 장

요양보호사의
일기

1

색칠하면서

원앙을 색칠했다. 할머니는 차분하고 꼼꼼하게 색칠했다. 할아버지는 색칠에 힘이 있었지만, 대충 색칠한 것처럼 보였다. 삐죽삐죽 튀어나오기도 하고 색이 칠해지지 않은 빈 곳도 더러 있었다. 할머니는 100점 할아버지는 70점이라고 말했다. 재치 있는 할머니가 얼른 말을 바꾸었다.

"당신은 100점 나는 70점이래요." 두 분 금슬이 얼마나 좋은지 짐작할 수 있었다.

할머니는 현명하셨다. 점수는 사람의 기준이다. 70이나 100이 중요한 것이 아닌데 부족한 내 모습을 지혜로운 할머니께 들킨 것 같아 얼굴이 화끈거렸다. 인지장애등급이라 하지만 재치 있고 지혜로운 할머니께 한 수 배웠다. 처음에는 쉬운 것부터 시작했다.

어느 정도 색칠 후에는 테마별로 했다. 색칠을 다 한 후 문제를 보여 드리고 그림 뒷면에 답을 하도록 했다. 할아버지는 귀가 잘 들리지 않아서 화이트보드를 이용했다. 할머니는 경도인지장애이기 때문에 물을 때마다 거의 기억이 나지 않는다고 하셔서 색칠에만 집중했다. 어르신들의 인지 향상을 위해서 쉽게 할 수 있는 것이 색칠하기다. 그림의 도안에 따라 난이도 조절이 가능하다. 호불호가 있긴 하지만 그림 색칠하기는 언제 어디서나 자료만 준비되면 쉽게 할 수 있다. 색칠 후에 어르신의 생각과 느낌을 말이나 글로 표현하는 것은 인지 향상에 도움이 된다고 생각했다.

구급차를 색칠했다. 어떤 생각이 드는지 여쭈었다. 고마운 봉사자와 구급차가 있어서 다행하다. 구급차 덕분에 급한 환자가 생겼을 때 병원에 가기가 쉽다. 차가 없는 사람이 급한 일이 생겼을 때 꼭 필요합니다. 구급차 기사님께 하고 싶은 말은 봉사하는 정신으로 친절하게 대하시기를 바란다. 하셨다. 최근에 할아버지는 침대에서 떨어져 구급차를 이용한 적이 있었다. 아마 그때 생각이 났을 것 같다. 기차를 색칠한 후에는 기차 타고 여행 가고 싶다. 집사람하고 처음 살림 시작한 구포(부산)에 가고 싶다. 기차의 좋은 점은 경제적이고 우리나라 어디나 갈 수 있어서 좋다. 기억나는 곳은 경주 불국사 여행이라고 지금은 기차 요금이 버스보다 비싸지만, 할아버지는 싸다고 기억하고 계셨다. 아마 그 시대는 기차요금이 더 싼 것 같았다. 레미콘 색칠을 하고 나서는 건설회사에 다니던 생각이 납니다. 콘크리트 작업에 인력이 많이 소모될 것입니다. 규정된 배합과 시간을 잘 지켜야 합니다. 시간 약속, 배합 규정을 잘 지켜달라고 부탁하고 싶다고 하셨다. 아마 젊었을 때 건설회사에 근무하면서 느낀 점이 아닐까 생각 들었다. 버스를 색칠 후에는 버스 노선을 따라 타보고 싶다. 서울 시내 일주를 하고 싶다. 경주 불국사 여행을 다녀오고 싶다. 버스 기사님께 부탁하고 싶은 말은 안전운행이 첫째라고 답하셨다. 코로나 시국이 아니라면 서울시티투어 버스로 모시고 싶었다. 나로서는 마음뿐이었다. 소방차 색칠을 했다. 고마운 생각이 든다. 불을 쓰는 곳에는 방화 설비를 잘해야 한다. 고맙다는 말과 불을 쓰는 사람이 모두 방화나 소방 훈련받아야 한다. 하셨다. 할아버지 댁 가까이 여의도 소방서가 있었고, 수시로 119구급차의 경보음이 울리기도 했다. 여러 가지 직업에 대해서도 색칠했다. 경찰 색칠 후에는 국민의 안전을 위해 수고하시는 분이다. 경찰에게 부탁하시고 싶은 말은 국민을 위한 봉사에 더욱 힘쓰시기를 바란다. 내가 만약 경찰이 된다면 친절하고 국민을 사랑하는 경찰이 되고 싶다고 했다. 할아버지가 젊은 날로 돌아갈 수 있다면 정말 친절하고 멋진 경찰이 되실 것 같다는 나의 말에 빙그레 미소 지었다. 소방관 색칠을 마치고 우리 생명과 재산을 보호해 주는 고마운 분들이라고 했다. 건강하고 안전하게 소방업무를 다 하고 국민의 생명과 재산을 안전하게 보호해 주기 바란다고 했다. 만약 소방관이 된다면 국민의 생명과 재산을 지켜드리겠다. 긴 글로 표현하셨지만, 할아버지의 생각과 의지가 분명하고 뚜렷했다. 할아버지가 젊은 시절로 돌아간다면 훌륭한 소방관이 될 것 같았다. 법복을 입은 판사 색칠했다. 법정에서 판결문을 읽는 장면이 생각난다고 하셨다. 판사는 공정하게 법대로 재판해야 한다. 판사가 힘들 때는 법과 사람의 인정 사이에서 바른 판단을 해야 할 때 갈등이 생길 것 같다. 부탁하고 싶은 말씀은 적법하게 인륜과 도덕에 맞도록 판단하길 바라셨다. 몸이 불편하신 것뿐이다. 생각과 마음은 지극히 정상이었다.

동물 색칠을 했다. 고양이가 생선 두 마리를 잡아서 가는 그림이었다. 고양이는 지금 무슨 생각을 하고 있을까요. 빨리 잡아먹고 싶을 것이에요. 고양이에게 생선을 키워가며 먹을 생각을 하라고 전하고 싶네요. 고양이에게 부탁하고 싶은 말은. 생선을 귀중하게 여기고 키우는 법도 배우면 좋겠음. 이라고 답하셨다.

닭을 색칠했다. 키울 때는 좋은데 잡아먹을 때는 미안하고 안됐어요. 잘 키워서 결국은 우리 먹거리가 되는 것이 마음이 아픕니다. 지금은 대량 생산이라 그전보다 정이 덜 들어갔을 것이에요. 좀 더 닭이 편하게 살도록 해주고 싶다고 하셨다. 학생 시절 닭을 키운 적이 있다고 하셨다. 할아버지는 통닭 요리도 좋아하시고 잘 드셨다. 건강을 위해 닭고기 드시는 것을 자제 하셨다. 토끼 요리사 그림을 색칠했다. 토끼가 요리하다니 신기하군요. 토끼는 풀로 된 요리만 할 것 같다. 토끼를 만나면 토끼가 좋아하는 것을 따라 할 것이에요. 부탁하고 싶은 말은 너무 빨리하면 따라갈 수가 없으니 천천히 하자고 합니다. 본인의 상태에 대해서 정확히 파악하고 있었다. 양을 색칠했다. 온순한 이미지가 떠오른다. 평소 온순한 양이지만 털 깎기를 할 때 가만히 있는 것을 보면 양털을 인간에게 주는 것을 자기 의무로 알고 있는 것 같다. 양은 온순하다. 그럴수록 잘해 주어야 한다. 할아버지의 인격을 볼 수 있었다. 캥거루를 색칠했다. 사람과 비슷한 생활을 하는 동물 같습니다. 하루빨리 자식들을 독립시켜요. 캥거루를 만나면 자식들을 언제 독립시킬 것인가를 물어보고 싶다고 했다. 캥거루에게 부탁하고 싶은 말은 자식을 독립시키는 시기. 시집 장가를 보내는 시기를 놓치지 말라고 당부했다. 자식을 생각하는 부모님 마음은 한결같다는 생각이 들었다. 다람쥐를 색칠했다. 다람쥐를 만나면 밤 주우러 산으로 가요. 밤 줍기를 하면서 같이 놀고 싶어요. 다람쥐는 귀엽고 재빠른 동물이라. 같이 놀기가 어려울 것 같다. 다람쥐와 친하게 지내고 싶다. 밤 줍기나 밤 감추기를 하면서 놀고 싶다. 몸은 따라가지 못하지만, 마음만은 동심으로 돌아간 것 같아서 내가 흐뭇했다. 기대 이상으로 하루하루 색칠 솜씨가 나아졌다. 손가락 힘도 많이 좋아졌다. 동물 색칠을 하던 중 너구리를 만났다. 너구리를 색칠 후 어떤 느낌이 드는지 물었다. 너구리는 꾀가 많은 것 같다, 너구리는 과일이나 나무열매를 먹고 산다, 꾀가 많아서 음식 숨기기를 잘 할 것 같다, 너구리를 만나면 같이 음식 숨기기를 하고 싶다, 너구리에게 부탁하고 싶은 말은 맥주도 좀 숨기라는 말을 하고싶다고 하셨다. 할아버지는 평소에 맥주를 아주 좋아하셨다. 저녁 식사 때는 맥주 한 캔은 늘 드셨다. 어느 날, 병원에서 못 드시게 하는 바람에 드릴 수가 없었다. 무조건 못 드시게 하는 것보다 환자의 정서적, 심리적 상태도 참고해서 처방하면 좋겠다는 생각이 들었다. 과음하지 않는다면 하루 맥주 한 캔 정도는 혈액순환에도 도움이 되고 심리적으로 느긋해질 수 있을 것이다. 나중에는 의사 선생도 얼마나 더 사시겠냐 하면서 드시고 싶은 것 드시도록 하라고 했다.

그림 색칠하는 시간은 얼마 걸리지 않지만, 매일 색칠을 했다. 색칠하기 전, 어제 색칠한 것을 물었다. 컨디션이 좋은 날은 바로 맞추셨다. 전혀 기억하지 못하는 날도 간혹 있었다. 기억을 못 하시는 날은 흉내를 내거나 동작으로 힌트를 드리면 맞추기도 했다. 색칠하는 동안은 할아버지는 그림 속에서 몰입하는 모습이었다. 매일 색칠을 하면 인지가 더 나아지지 않더라도 갑자기 나빠지는

일은 없을 것이다. 세상 모든 일이 하루아침에 금방 좋아지는 비법
은 없다. 매일의 꾸준한 실천과 노력이 누적될 때 결과가 나타난
다. 공든 탑이 무너지랴. 천 리 길도 한 걸음부터. 어르신이 하시던
말씀을 떠올려 본다. 나날이 손가락에 힘이 길러지는 모습에 감사
했다. 하시고 싶은 말씀은 글로 표현하셔서 다행한 생각이 들었다.
두 분 함께 하는 시간이 오래도록 계속되길 빌었다.

2

왕언니의 애창곡 애국가

잃어버렸다. 나라도 잃고 노래도 잃었다. 남은 것 하나 없이 다 떨어졌다. 똥구멍이 찢어지게 가난했다. 양식도 떨어지고 의욕도 떨어졌다. 세상에서 가장 좋은 노래는 애국가라고 알았다.

주간 돌봄 센터에서는 오후 5시에 저녁을 드신 후 귀가하는 시간까지 20~30분 정도의 시간이 있다. 양치를 전부 마치면 잠깐 스트레칭을 하기도 하고 가벼운 동작으로 어르신들의 일과를 정리하는 시간이다. 주로 음악을 틀어 놓고 손동작이나 율동으로 진행을 했다. 센터에서 가장 연세가 높은 분은 99세다. 왕언니가 기분이 좋은 날은 손을 번쩍 든다. 애국가를 하자고 하신다. 어느 어르신이든지 손을 들고 말씀하시면 무조건 실시한다. 월요일 아침마다 조회 시간에 애국가를 지휘하던 선생님의 모습을 생각하며 사분의 사박자를 저였다. 작은 키에 팔을 멋지게 움직이며 애국가를 지휘하던 선생님 모습을 그려본다. 혼자 놀 때 심심하면 박자 젓기 놀이했다. 애국가 4절까지 부르는 동안 왕언니는 세상 그 누구보다 숙연한 얼굴이다. 굽어진 등이지만 바르게 앉아서 큰 목소리로 불렀다. 박자와 음정이 중요한 게 아니다. 퇴근하려던 원장님이 나오시면서 그렇게 장엄한 애국가를…. 다음에는 군가를 하지. 하시며 싱긋 웃으셨다. 이 세상에서 제일 좋은 노래가 애국가여. 하시던 왕언니는 피난 시절을 생각하시는 듯했다. 처음 입사했을 때 시도 때도 없이 애국가 4절 까지 부르는 소리를 듣고 이상하게 생각했는데 왕언니의 이야기를 듣고 그 이유를 알게 되었다.

"지리산으로 피난을 갔는데 낮에는 국군들이 와서 밥을 해달라고 해서 밥을 해주고 나면 전쟁이 빨리 끝날 것 같았지. 아! 그런데 밤이 되면 한밤중에 빨갱이들이 와서 마룻바닥에 신발을 신고 마룻 바닥에 턱 걸터 앉아서 밥 내 놓으라고 해. 그럼 안 죽으려고 내일 아침 먹을 양식으로 밥해 주고 나면 우리 식구 아침 먹을 쌀이 하나도 없네. 그러면 영감이 어디까지 가서 쌀 한대 나 구해 오면 온 식구 나물죽을 끓여서 허기를 면하지. 그놈들이 언제 또 올지 몰라 늘 가슴이 콩알만 했지. 굶기도 많이 굶고 배도 숱하게 곯

앉어. 자식새끼 먹이려고. 그러고 살았어. 선생님은 송구 떡을 모를 거야. 먹을 게 없어서 소나무 껍질로 송구 떡도 해 먹고 똥이 나오지 않아 애를 먹었지. 아이고, 생각하기도 싫혀. 똥구멍이 찢어지게 가난했다는 말은 거기서 나온 거여. 그러다 보니 나는 애국가가 제일 좋은 노래라고 생각했어. 애국가보다 더 좋은 노래는 없다고 생각했제."

애국가가 끝나면 다음 노래는 자동으로 '반달'이다. 팔 분의 육 박자 반달은 애국가보다 박자 맞추기가 어렵다. 푸른 하늘 은하수 ~ 분명히 함께 시작했는데 어르신의 쪽배는 이미 멀리 가 버리고 보이지 않는다. 박자와 음정 모두 쪽배를 타고 서쪽으로 가고 어르신의 마음도 서쪽 하늘로 날아간 모양이다. 애국가와 반달을 부르고 난 날은 선생님께 상을 받고 가는 아이처럼 왕언니의 어깨가 펴지고 발걸음이 가벼워 보였다.

어릴 때 우리 할머니는 노래를 이상하게 불렀다. 내가 보기에는 박자도 음정도 할머니 마음대로였다. 왜 우리처럼 제대로 못 부르는지 이해가 되지 않았다. 내 나이 60. 언젠가 노래를 흥얼거렸는데, 할머니 목소리가 들렸다. 나이가 들면 박자도 음정도 마음대로 되지 않는 거였다. 나도 우리 할머니처럼 이상하게 부르고 있었다. 할머니 노래는 이상한 노래라고 생각했는데 ….

왕언니는 하얀 모시 적삼을 자주 입었다. 거동은 양호한 편이다. 머리는 동백기름을 발라 곱게 빗어 넘겼다. 가르마를 타고 양옆 머리를 귀 뒤로 넘기고 실핀을 꽂아 단정하게 계셨다. 등이 많이 굽어서 반듯하게 누우려면 높은 베개가 필요했다. 5남 4녀 자식은 전부 결혼했고 증손주가 서른 명이라고 자랑하신다. 막내 아드님과 함께 계셨다. 점심을 드시고 휴식 시간이 끝나면 일어나시게 된다. 날이 흐리거나 비가 오는 날은

"아구구 ~~ 어째 옛날에 아기 가졌을 때보다 몸이 더 무겁노." 하시며 굽은 등으로 일어나서 부축 받고 나오신다. 안경에 얼룩이 묻은 것이 보일 때는 제가 안경을 좀 닦아 드릴까요. 말씀드리면 고개를 끄떡이신다. 안경알을 비누로 문지르고 물기를 깨끗이 닦아 끼워 드리면 고개를 끄떡이며 얼굴이 환해진다. 딴 세상 보는 것 같아. 청단 홍단이 곱다 한들 사람보다 고울쏘냐. 하시며 손을 잡아 주셨다. 긴 옷을 입고 오시는 날은 양치질 할 때 세면대 앞에서 아이들처럼 소매를 걷어 올려 드린다.

"선생님은 다른 사람보다 나를 특별히 잘해 주는 거 같아."

"아닙니다. 다른 어르신도 다 똑같이 해드립니다." 말은 그렇게 했지만, 우리 할머니 같은 왕언니를 좋아했다. 내 마음을 들킨 것 같아 가슴이 뜨끔했다. 어르신 앞에서 티 나지 않게 한다고 하지만 왕언니 눈에는 다 보였겠지. 어르신이 고집을 부리고 요양보호사

를 힘들게 할 경우가 있다. 집에서는 자식 말을 듣고 여기(센터)서
는 선생님 말씀 들어야 해. 같은 공간에서 함께 생활하다 보면 간
혹 치매 어른 한 분이 이상한 말을 할 때도 있다. 본마음이 아니라
서 그렇다고 주변 사람들을 설득했다.

식사 시간 요양보호사들은 어르신 중간중간에 앉아서 어르신 상
태를 살피며 식사를 하게 된다. 왕언니와 멀리 떨어진 자리에서 식
사 한 날은 꼭 저녁을 먹었냐고 물어 주신다. 식사 후 원장님이 보
이면 손을 잡고 식사하셨느냐고 물으셨다.

"어머니 밥 많이 드셔야 해요. 그래야 치매 걸리지 않고 오래 사
실 수 있어." 원장님은 어르신들을 부모처럼 대하셨다. 원장님의
따뜻한 말 한마디는 어르신께 보약이나 다름없었다. 원장님은 왕
언니와 모친의 연세가 같다고 하며 왕언니의 손을 잡아 드린다. 허
리가 아파서 걸음을 못 걷고 센터에 며칠 결석 하셨다. 손자가 센
터로 전화를 했다. 할머니가 누워서 빨갛고 길쭉한 거 맛난 게 있
다고 하는데 도대체 그게 뭔지 물었다. 센터에서는 간식을 다양하
게 드린다. 그중에서 소시지가 맛이 있었던 것 같다. 손자에게 "아
하~! 그거 소세지 말씀하시는 것 같아요."라고 했더니 "하하하 우
리 할머니 소세지 빨리 사다 드려야겠네요." 하고 전화를 끊는다.

어릴 때 할머니가 잔칫집 가서 과자랑 떡 과일을 잡수지 않고 가

재 손수건에 싸서 갖다주실 때는 철없이 할머니는 원래 먹지 않는 줄로 알았다. 먹을 것이 귀했던 시절. 할머니가 잔칫집 가는 날은 먹을거리가 생기는 날이었다. 할머니는 국수 한 그릇으로 요기를 하시고 접시에 담긴 고기와 과일 떡은 손수건에 싸 오셨다. 할머니가 언제쯤 오는지 골목 밖만 내다보다가 멀리서 할머니 모습이 보이면 달려가곤 했다. 가재 손수건에 간식거리를 싸다 주신 할머니가 계시면 나도 할머니께 맛있는 간식을 사다 드릴 수 있을 텐데…. 할머니가 살아 있을 것 같은 텅 빈 하늘을 물끄러미 쳐다본다.

청단 홍단이 곱다한들 사람보다 고울쏘냐. 왕언니가 즐겨 하시던 한 소절. 할머니를 생각하는 손자의 마음이 청단 홍단보다 고운 것 같다. 손자는 이 세상에서 제일 좋은 할머니의 노래 애국가의 이야기를 알고 있을까. 얼른 나으셔서 센터에 나오시길 빌었다. 품위를 잃지 않고 늘 옷매무새 단정하고 말 한마디도 조심스럽게 하시던 왕언니의 모습을 닮고 싶은 시간이다. 하얀 모시 적삼에 동백기름 바른 머리를 곱게 빗어 실핀을 꽂아서 단정하게 계시던 모습이 그리워진다. 나도 나이 들면 왕언니 같은 모습으로 살 수 있을까.

3

영상정보 처리기기 CCTV

당했다. 야무지게 당했다. 그렇게 당할 줄 몰랐다. 이렇게도 남의 뒤통수를 칠 수 있나. 찍힌다는 생각도 못 했다. 나도 너를 찍어야겠다. 맛 좀 봐라. 이제는 끝이다.

요양보호사 실습 때 기관실습을 나갔다. 네 시간 실습 중 잠시 휴식 시간이 있었다. 기존에 활동하는 곳을 벗어나 사람들의 발길이 뜸한 곳을 알게 되었다. 어느 날 함께한 동기가 천정을 가리키며 저기 CCTV가 있으니, 카메라에서 멀리 떨어진 곳에 있는 것이 좋겠다고 했다. 관찰력이 부족한 나는 그제야 고개를 들어 CCTV를 쳐다보게 되었다. 새까만 카메라의 눈이 나를 쳐다보는 것 같아서 얼른 고개를 돌려 버렸다. 우리 같은 실습생도 일일이 체크하고 있을까 하면서도 카메라에서 멀리 떨어진 곳으로 자리를 옮겼다. 요즘은 알게 모르게 우리의 행동이 노출되고 있는 현실이다. 기술력이 뛰어난 현재는 편리성이 함께 하지만 내가 하는 행동이 누군가의 감시를 받는다는 것은 불쾌한 일이다. 남의 일이라 여기고 나와는 상관없는 일이라 여겼던 터다.

　지난여름 집 가까이 있는 어르신 댁을 출근하게 되었다. 2층 단독 주택이었고 아래층은 임차인들이 살고 있었다. 낮에는 거의 할머니 혼자 계셨다. 방학이라 간혹 고등학생 손자가 있기는 했다. 9시에 출근하면 할머니가 운동갈 채비부터 먼저 한다. 할머니는 2층에서 계단 손잡이를 잡고 조심해서 대문까지 내려온다. 대문 옆에는 비닐이 덮어진 성인용 보행기가 처마 밑에서 대기하고 있다. 조심스럽게 보행기를 꺼내서 대문 앞에 가져다 놓는다. 대문 앞에서부터 할머니의 운동이 시작된다. 성인용 보행기를 끌고 인근 아파트를 몇 바퀴씩 돌았다. 아직 오전 시간이라 햇살이 그렇게 뜨겁지는 않았다. 지난번 근무자는 10시에 와서 걸으려고 하면 땀이 나고 힘들었다고 했다. 그날 할머니의 컨디션에 따라 걷는 거리가 조정되었다. 할머니는 인지가 있어서 하자고 하는대로 뒤에서 따라 걸었다. 아파트 정원에 있는 무화과나무 열매를 보면서, 어릴 때 담뱃집 마당에 있던 무화과나무가 생각이 났다. 무화과 따 먹었던 이야기를 해드리기도 했다. 8월 중순이라 홍고추를 널어 말리는 사람이 있었다. 어디서 가져온 것이냐. 가격은 어떻게 하느냐. 하시며 세상 이야기를 나누었다. 할머니 뒤를 따라가면서 차가 오는지 오토바이가 지나가는지를 확인하고 안전에 주의했다. 걷기를 마치면 보행기를 처마 밑에 올려서 비닐을 덮어 원래 상태로 해두는 것을 확인한 할머니는 2층으로 올라갔다. 힘이 드는 날은 앉아서 쉬기도 하고, 컨디션이 좋은 날은 샤워를 했다. 샤워하는 날은 등을 밀어 드리고 마치고 나오면 목욕탕 청소를 했다. 할머니가 샤워할 동안 청소를 했다. 방 3개와 거실이 크게 넓지는 않아서 청소기를 돌리고 스팀 청소기를 돌리는 데 긴 시간이 걸리지는 않았다. 매직 스펀지로 방바닥과 문턱을 닦고 나면 허리와 다리가 아팠지만, 시커먼 구정물을 보면서 내 몸과 마음의 찌꺼기가 지워지는 느낌이 들었다. 말갛게 닦인 방바닥을 보면 나를 보고 환하게 웃는 것 같아서 힘든 줄 모르고 매일 조금씩 했다. 계단 청소는 굳이 하지 않아도 되었지만, 대문에서 올라오는 계단이 깨끗하지 않아서, 집 전체가 지저분해 보였다. 물로 청소하기 전 먼저 빗자루로 계단을 쓸고 목욕탕에서 받아 온 물 몇 바가지를 붓고 잠시 두었다가, 빗자루나 솔로 쓱쓱 문질렀다. 그리고 다시 물을 부어 먼지와 오물을 씻겨 나가게 했다. 거울과 장롱, 식탁의 유리를 닦고, 얼룩이 생기지 않도록 마른걸레로 물기를 닦았다. 날씨는 더웠지만, 나름 그날 해야 하는 청소는 내 집 청소하는 것보다 열심히 했다. 할머니가 하지 못하는 집안일을 눈에 보이는 대로 다 했다.

어느 날 청소를 마친 나에게 할머니는 섬유유연제를 사야 하는데…. 하면서 말꼬리를 흐렸다. 걱정하는 할머니를 모른 척할 수가 없었다. 정오가 다 된 여름 뙤약볕이 싫었지만, 집에서 떨어진 마트를 다녀왔다. 가는 김에 달걀과 식료품을 말씀하시기에 함께 구해 왔다. 날씨가 더웠지만, 집에 가서 씻으면 된다. 생각하고 헐레벌떡 다녀왔다. 딸이 전화가 와서 요양보호사가 어디 갔느냐고 물었다. 마트 갔다 했다고 할머니가 말했다. '어 이상하다. 내가 없어진 것을 어떻게 알았지.' 순간 의아한 생각이 들었다. 제가 없는 것을 어떻게 알고 전화를 했을까요. 나의 물음에 할머니는 딸이 어제 CCTV를 설치했다. 하면서 냉장고 위를 가리켰다. 카메라의 새까만 눈이 나를 지켜보고 있었다. 어이가 없었다. 요양보호사가 해야 할 일뿐만 아니라. 창틀 닦기, 스펀지로 방바닥 얼룩 지우기, 계단 청소하지 않아도 되지만, 마음을 다해서 했다. 망치로 뒤통수를 세게 한 방 얻어맞은 것 같았다. 사람이 꾀도 부릴 줄 알고 얕게 좀 살아라. 늘 핀잔하던 지인의 얼굴이 떠올랐다. 서로의 진심을 알아주기가 이렇게도 어려운 일인가. 마음 소통하는 것이 이토록 힘든 것일까. 할머니께 작은 도움이라도 되어 드린다는 생각으로 내 일처럼 일했는데, 나의 일거수일투족 CCTV에 찍혔다니. 숨이 탁 막

혔다. CCTV를 보는 사람은 보고 있었겠지. 들고 있던 그릇을 내동
댕이치고 싶었지만, 참을 수밖에 없었다. 누가 알아주길 바라고 한
것은 아니다. 누구를 원망할 필요도 없고 나를 탓할 이유도 없었지
만, 마음이 쓰이는 것은 어쩔 수 없었다. 보호자에게 요양보호사는
어떤 의미일까? 그냥 집에 와서 일이나 해주는 파출부로 생각하는
것일까? 아무렇지도 않은 척하고 퇴근하고 센터장께 전화했다. 있
었던 일을 자초지종 이야기했다. 이야기를 듣던 센터장도 어이가
없어 했다. 센터장은 보호자에게 연락해 보고 연락하겠다 하고 전
화를 끊었다. 퇴근 하고 한참 후에 보호자 전화가 왔다. 요양보호
사를 찍으려고 했던 것이 아니다. 아시다시피 1층에 임차인들이 우
리가 없을 때 모친한테 와서 행패를 부리기 때문에 설치한 것이다.
어머니 보호 목적이었다 했다. 그러면 나에게 왜 미리 한마디 양해
를 구하지 않았느냐고 물었다. 일이 바빠서 경황이 없었고 미처 생
각하지 못했다고 미안하다고 했다. 바쁘고 경황이 없으면 그럴 수
도 있겠지. 동생 같은 사람을 붙잡고 무슨 말을 더할 수 있을까. 그
냥 그만두기로 했다. 모친께는 갑자기 시골을 가게 되었다고 전해
달라고 하고 전화를 끊었다.

어떤 행위보다 태도가 중요하다. CCTV를 어떤 연유에서 설치했
건 근무하는 사람에게 양해와 협조를 구하는 것은 기본이다. 최소

한 이러한 목적으로 설치했다는 말 한마디 정도는 해주는 것이 예의가 아닐까. 내가 너무 옹졸하다는 생각을 할 수도 있다. CCTV를 설치했건 말건 내 할 일을 하면 되지 그게 무슨 대수라고 생각해도 할 말은 없다. 그러나 내 어머니를 도우러 온 사람한테 눈곱만큼의 배려가 있다면 그런 행동은 하지 않았을 것이다. 사람한테 상처받는 것이 가장 아프고 힘든 일이다. 일은 아무리 힘들어도 할 수 있지만, 마음이 힘든 것은 견디기 어려운 노릇이다.

인간관계에서 적당한 선은 지켜야 한다. 잘해 주는 것도 선을 지켜야 하고 상대방의 말에 귀를 기울이는 것도 선을 지켜야 한다. 시위를 떠난 화살은 잡을 수가 없다. 눈에 보이는 것이 전부가 아니다. 최선을 다해 일하는 그 마음을 보지 못하고 알지 못한다면 진심이 통하기는 어려울 것이다. 어떻게 하면 나의 진심이 통할 수 있을까. 진심을 알아주는 그런 사람을 만나고 싶다. 내가 먼저 마음을 열고 살아야겠다. 옹졸한 마음으로 크게 보지 못한 나의 모습이 초라하게 느껴진다. 나의 마음 한쪽에 상대를 위한 작은 배려공간을 만들어야겠다. 부족한 나로 인해 상처받는 이가 없도록.

4

지금이라도 알아서 다행이다

정신이 하나도 없었다. 아무것도 눈에 보이지 않았다. 어르신을 살려내야 했다. 머릿속이 하얗다. 발버둥을 쳐도 할 수 있는 것은 아무것도 없었다. 119로 후송되었다. 안도의 한숨을 쉬었다.

저녁 식사 후 양치를 마치고 작업 치료를 하고 있었다. 순희 어르신이 스르르 옆으로 쓰러졌다. 직원들과 재빨리 눈빛이 오갔다. 프로그램을 중단하고 어른께 달려갔다. 응급상황이다. 원장님께 보고하고 119와 보호자에게 연락은 간호사가 했다. 일단 자리에 편안히 눕혔다. 같이 있던 어르신들의 눈이 일제히 이쪽으로 향했다. 모두 걱정스러운 얼굴이었다. 환자를 침대로 모실 수 없었다. 축 늘어져서 옮길 수가 없었다. 사용할 가림막도 보이지 않았다. 무조건 순희 어르신~ 순희 어르신~ 하고 불렀다. 정신을 잃지 않도록 해야 했다. 아무것도 생각나지 않았다. 그런 일이 일어나서는 안 되겠지만, 야간 팀에서 응급상황 대응이 미흡하여 큰일이 나면 절대로 안 된다는 생각만 했다. 주간에는 원장님이나 사무실 직원들이 있어서 큰 사고가 난 적이 없다. 간혹 오후에 출근하면 어느 어르신이 응급상황이 발생 되어 원장님이 조치하셨으니, 야간에 좀 더 살펴달라는 전달을 받기는 했다. 입사 후 2년 동안 한 번도 이런 일이 일어나지 않았다. 야간 선임으로써 책임감도 느껴졌다. 수시로 받은 응급 처치 교육은 어디로 갔는지 머릿속은 하얗게 아무것도 생각나지 않았다.

주변 어르신 생각은 전혀 하지 않고 목이 터져라. 순희 어르신 정신 차리세요! 정신 차리세요! 볼을 꼬집고, 몸을 때리고 흔들면서 정신을 잃지 않도록 고함을 질렀다. 간호사도 원장님 지시 사항을 전하는 목소리는 덜덜 떨었다 얼굴은 창백했다. 간호사가 나보다 더 당황한 것 같았다. 바이탈(Vital) 체크를 하라고 했다. 간호사가 119에 전화 연락하고 보호자와 통화를 할 동안 나는 바이탈(Vital) 체크를 하고 기록했다. 혈당검사를 해야 하는데 사람이 덜덜 떨고만 서 있다. 맨 나중에 입사한 장 선생도 선배들의 요구나 시중을 잘 들어 주었다. 긴급 상황이지만, 직원들이 힘을 모았다. 얼마 지나지 않아 119구급 대원이 도착했다. 바이탈(Vital) 체크 기록을 주고 그동안 상황을 전했다. 환자를 이송에 갔다.

후~유 ~ 안도의 한숨이 나왔다. 어르신들 도와주신 덕분에 병원에 가셨으니 별일 없을 겁니다. 어르신들을 안심시키고 자리를 정리했다.

구청에서 실시하는 심폐소생술 교육도 받았다. 센터에 입사해서 응급 처치 교육을 수시로 받았다. 이론으로 받은 교육은 실전에서는 당황하여 하나도 생각나지 않았다. 그래서 경험이 중요하다고 하는가 보다. 이튿날 아침. 원장님께 전화를 드렸다. 야간 조가 출근해서 업무 시작 전 응급 처치 교육을 해 달라고 부탁드렸다. 어제의 상황을 생각하며 교육받았다. 응급상황에서는 선조치 후보고 해도 됩니다. 어제 세 분이 수고했지만, 응급상황이 발생하면 우선 침착해야 합니다. '당황하면 절대 사람을 살릴 수 없어요.'라고 하시며 교육을 시작하셨다. 아래 내용은 원장님 교육을 받으면서 혼자 정리한 내용이다.

환자를 그 자리에 편안히 눕힌다. 의식이 있는지 확인하고 119에 연락한다. 119가 도착하기 전 혈압과 맥박을 체크하고 기록하거나 인지한다. 저혈압이 있으신 분은 혈당 체크를 한다. 저혈당 체크 후 의식이 있을 때는 설탕물이나 음료수를 티스푼 2~3개 먹인다.

5~10분 기다리다가 2~3회 반복한다. 어르신이 쓰러질 때 심장마비 가능성은 가장 낮다. 미주 신경계가 과도한 스트레스나 흥분, 기(氣)가 없거나 허약 체질일 때, 같은 자세로 오래 있으면 실신하게 된다. 저혈압일 때는 허리띠를 풀고 편안한 상태에서 다리를 높여 준다. 창백하거나 구역질 쥐가 나는 것은 근육의 문제다. 미지근한 물을 마시도록 하고 같은 자세로 오래 있지 않도록 하라고 하셨다. 직접 경험하고 교육받으니 그 상황이 그려졌다. 앞으로는 어제 같은 일이 일어나도 당황하지 않고 차분히 처리할 수 있을 것 같았다. 허공 속에서 잠자던 응급 처치 방법이 살아난 느낌이다. 요양보호사는 어르신들을 모시다 보면 언제 어떤 응급상황이 일어날지 모르는 일이다. 미리 준비된 마음가짐이나 자세가 되면 두렵거나 당황하지 않을 것이다. 일이 잘 마무리되었고 원장님께서도 야간 팀이 고생하셨고 수고했다고 하셨다. 정작 문제는 그다음이었다.

출근하니 순희 어르신이 나에게 고맙다고 인사를 했다. 제가 당연히 해야 할 일이고 다른 선생님이 함께 도와주셨어요. 이제는 드시기 싫더라도 밥 많이 잡수시고 더 건강하셔야 합니다. 라고, 대답했다. 내가 프로그램을 진행할 때는 평소와 다름없이 잘해 주셨다. 전보다 더 열심히 하는 것 같았다. 그런데 다른 두 선생님이 진행할 때는 딴짓을 하거나 외면한다고 했다. 두 사람이 나에게 불만을 이야기했다. 당황스러웠다. 세 사람이 같이 힘을 모아 처리했는데 왜 그러실까. 이해할 수 없었다.

박 어르신이 일을 당한 순희 어르신께 당신을 살린 사람이 누군지 아나. 이 선생이다. 그러니 이 선생께 고맙게 생각해라. 이런 이야기를 하셨다고 했다. 순희 어르신께 나 혼자 한 일이 아니고 선생님 두 분 함께 힘을 모아 일을 했으니 그렇게 생각하시면 안 됩니다. 제가 입장이 곤란하다고 말씀드렸다. 별로 변화된 모습이 없었다. 급기야 원장님이 어르신을 1:1 개별 상담으로 해결되었다.

어르신 살리는 것밖에 눈에 보이지 않았다. 간호사는 간호사실에서 상황을 보고 했고 막내 장 선생은 선배들의 요구 사항을 처리하느라 바빴다. 서로가 힘을 합쳐서 위기 상황을 넘긴 것이다. 내행동이 지나쳐서 주변 사람들을 힘들게 했다는 생각이 들어 두 동료에게 미안했다.

과하면 부족함만 못하다. 생각이 들었다. 살다 보면 예기치 않은 상황이 발생되기도 한다. 미리 준비하거나 경험이 있는 사람들은 자연스럽게 일을 처리한다. 준비되지 못하고 처음 겪게 되면 모두가 당황하고 두서가 없기 마련이다.

경험을 먼저 했다는 것은 엄청난 기회라는 생각이 든다. 좋은 경험이거나 나쁜 경험 이거나 경험은 소중한 것이다. 경험을 통해 준비하고 배우려는 자세가 중요하다. 이번 일을 계기로 응급상황에서는 절대로 당황해서는 안 된다는 것을 숙지했다. 환자를 편안하게 눕히고 바이탈(Vital) 체크를 한다. 물론 간호사가 할 일이지만 급할 때는 누구든지 할 수 있다. 할 수 있는 사람이 하면 된다. 당황하지 않고 119 안내센터와 영상 통화를 하면서 지시를 받을 수도 있다. 이론으로 아무리 배운다 해도 실전의 경험이 중요하다. 요양보호사의 경험이 한 뼘 더 자란 것 같다. 어떤 상황에서도 당황하지 않고 침착하게 행동하는 자질을 갖추어야겠다. 백문이 불여일견, 백학이 불여일험이다. 한 걸음 더 나가서 역지사지의 마음도 생각해야겠다.

5

회전의자와 막걸리 한 잔

회전의자를 밀고 할머니와 할아버지 앞으로 가서 탁 멈추어 섰다. 두 분은 생각지도 못한 상황에 잠깐 놀라시는 듯했다. 안녕하세요. 인사를 드렸다. 키가 크고 체격이 건장하신 할아버지는 할머니 뒤에서 인사를 받으신다. 마스크 두 장을 손에 들고 계시다가 나에게 내민다. 얼른 받아서 마스크 한 장은 할머니께 해드리고 남은 한 장은 할아버지께 다시 드렸다.

"안녕하세요. 할머니 여기 앉으세요." 끌고 간 의자를 김 할머니 옆으로 밀었다.

"늦어서 미안해요." 하시며 회전의자에 앉았다.

"할머니, 손잡이 꼭 잡고 계세요." 양손을 손잡이에 올려 드렸다.

"응 알았어." 할머니가 의자에 앉으시고 할아버지께 다녀오겠습니다. 인사를 하고 회전의자를 움직였다. 할머니가 의자에서 떨어지지 않도록 회전의자를 살살 밀었다. 몇 걸음 떼어 보니 중심 잡고 갈 수 있었다. 차가 서 있는 곳까지 냅다 달렸다. 할머니를 태우고 도로까지 단번에 내달린 것이다. 아스팔트 위에 바퀴 구르는 소리가 요란했다. 주변 사람들이 시끄러운 바퀴 소리에 쳐다보는 듯했다. 주변 시선 따위는 신경 쓸 겨를이 없었다. 그 순간 나의 임무는 오로지 어르신을 차가 서 있는 곳까지 안전하게 모시고 가는 것이었다.

어르신 모시겠습니다. 차가 있는 곳까지 나오는 데 시간이 걸리는 댁이다. 10분 전쯤 전화를 드렸다. 알았어요. 지금 나갑니다. 할아버지의 굵직한 목소리가 수화기 너머로 들렸다. 소방서 앞에 도착했다. 평소 같으면 할머니는 앉아서 기다리고 할아버지는 할머니 뒤에 서 계신다. 오늘은 두 분의 모습이 보이지 않았다. 늦을 때는 시장 입구까지 나오시면 모시기도 했다. 무슨 일일까? 나오신다고 대답하셨는데…. 두리번거렸다. 두 분의 모습이 보이지 않았다. 찾을 수가 없었다. 늘 나오시는 길을 따라 들어갔다. 잠시 살피는 순간, 저 멀리 할머니와 할아버지 모습이 작게 보였다. 키가 작은 할머니는 고개를 앞으로 푹 숙이고 키가 큰 할아버지는 할머니 뒤에서 천천히 걸어오시는 모습이 보였다. 차가 있는 곳까지 오시면, 한 세월 걸릴 것 같았다. 차 안의 어르신들은 기다리고 있다. 센터 들어가는 시간도 대충 맞춰야 한다. 잠시 여러 생각이 스쳐 지난다. 할머니는 고개를 숙이고 허리를 구부려 가만가만 걷는다. 할머니는 걷고 계셨지만, 내 눈에는 제자리걸음 하는 것으로 보였다. 근무 중에 이런 상황이 되면 발을 동동 구른다. 쫓아가서 할머니를 업고 올 수도 없는 노릇이다. 주변을 살폈다. 마침 마당이 넓은 회사 전봇대 옆에 회전의자 두 개가 눈에 들어왔다. 아마 사용하다가 새것으로 교체하고 밖에 내다 놓은 것 같았다. 살짝 밀어보니 바퀴가 잘 굴렀다. 쓸만했다. "앗싸" 빈 의자를 밀고 쏜살같이 달렸다. 할머니 앞에 가서 멈추었다.

할머니를 회전의자에 태우고 나타난 내 모습을 보고 운전하던 선생님은 무슨 일인가. 어리둥절 놀라면서 손뼉을 치고 깔깔 웃었다. 아! 선생님 무슨 일이야. 너무 재미있다. 옆에 다른 차가 있어서 우리 차를 앞으로 오게 한 후 할머니를 의자에서 내렸다. 뛰어오느라 숨이 차서 헉헉거렸다. 손 소독하고 체온을 체크한 후 차 문을 열고 조심해서 할머니를 차에 태웠다. 안전띠를 채웠다. 내 임무의 일단락은 끝났다. 승합차 뒷문을 닫았다. 아직 끝이 아니다. 의자를 원래 있던 자리에 두고 와야 한다. 정신없이 뛰었다. 마음만 급하고 몸이 따라주지 않는다. 내가 넘어질 뻔했다. 항상 조심해야 한다. 어르신 모시면서 안전이 우선이라고 하면서 내가 넘어지면 말이 안 된다. 헉!헉! 숨을 몰아쉬며 차에 올랐다. 휴우 안도의 한숨이 나왔다. 내 할 일을 제대로 한 것인지 정신이 없었다. 잠시 숨을 고르고 있을 때 김 할머니가 말씀 하셨다.

"내가 우리 할아버지한테 말해서 돈 한 푼 얻어서 막걸리 한 잔 사 줄게. 고마워서. 나는 돈이 한 푼도 없고 할아버지가 돈을 다 가지고 있어." 할머니의 재치 있는 말에 운전하던 선생님과 차 안에 있던 어르신들이 한바탕 웃었다. "이 선생님 막걸리 대접받을 때 나도 따라가야겠네요. 어르신 나도 같이 가도 되지요." 장 선생님 너스레에 다시 한번 더 웃을 수 있었다. 아침 송영 차 안의 분위기가 훈훈하다. 할머니를 기다리던 지루한 마음은 간 곳 없고 재치 있는 말 한마디 덕분에 가족 같은 푸근함이 느껴졌다. 미안한 마음을 막걸리 한 잔으로 풀어내는 지혜를 가진 김 할머니가 오늘따라 더 멋지게 보인다. 연세가 아흔이신 할머니의 최고 손님 대접은 막걸리가 아니었을까 생각이 든다. 서민들의 고단한 하루를 달래주던 술. 막걸리를 할머니가 한 잔 사 주신다고 하니 이보다 더 좋은 대접은 없을 것 같다. 할머니는 화장실에서 휴지 한 바람도 아껴 쓰는 분이다. 내 것이나 남의 것이나 아껴야 한다고 하시며 몸소 실천 하시는 분이다. 김 할머니가 대접하는 막걸리를 한 잔 대접 받은 기분이다. 할머니께 훈장 받은 것만큼 기뻤다.

회전의자는 이리저리 방향을 전환하면서 사무 처리가 되도록 사람을 돕는 역할을 한다. 비록 그 역할이 끝나서 밖에 나와 있었지만, 할머니를 모시는 데 자신의 역할을 톡톡히 해 주었다. 회전의자 덕분에 안전하고 빠르게 할머니를 잘 모실 수 있었다. 회전의자는 살아서 제 역할을 할 때도 유연하다. 어느 한 곳에만 박혀 있거나 모난 구석이 없다. 엉덩이로 밀던 다리로 밀던 움직이지 않는 곳이 없다. 동서남북 사방팔방으로 자유롭게 방향을 바꿀 수 있는 것이 회전의자다. 회전의자처럼 생각이 유연하다면 막히는 것이 없을 것이다.

요양보호사는 어떤 상황에서나 적극적으로 일할 수 있어야 한다. 근무하다 보면 언제 무슨 일이 생길지 모른다. 상황과 환경에 맞추어 처리해야 한다. 회전의자 덕분에 할머니를 잘 모시고 막걸리 한 잔 까지 대접 받았으니 훈장 받은 날이 이보다 기쁠까. 회전의자는 유연하고 막걸리는 기분을 좋아지게 한다. 막걸리 한 잔 마신 즐거운 마음이다. 어르신들의 마음을 사로잡는 유연함으로 모시고 싶다. 기분 좋게 상황마다 유연하게 대처하는 1% 다른 요양보호사가 되려고 한다.

6

심청이와 이 도령이
그네를 탄다

"오늘은 단오입니다. 단오에는 이 도령과 누가 그네를 뛰었습니까."

"춘향이."

"심청이" 영순 할머니는 어제 읽어 드렸던 동화책『심청전』이야기가 생각나신 모양이다.

"아이고! 춘향이지 어째 심청이고." 작화를 잘하시는 영순 할머니는 심청이가 아니라는 말에 머쓱해졌다. "아 괜찮습니다. 심청이와 이 도령이 그네를 뛸 수도 있지요. 우리 어르신의 상상력에 박수를 드립니다. 세상 사람들은 춘향이와 이 도령이 그네를 뛰었다고 말하지만, 오늘 이 시간만큼은 심청이와 이 도령이 그네를 탔다. 해도 됩니다. 제가 진행자입니다." 억지 춘향이가 아니라 억지

심청이가 되었다. 관계없다. 어르신들만 즐거우면 되는 일이다. 처음 입사할 때는 이런 부분이 용납되지 않았다. 틀리면 바로 잡아야 하고 아닌 것은 아니라고 해야 했다. 언제부턴가 선배들의 임기응변에 자연스럽게 적응하고 있었다.

명절이나 명절 전후 주말 당직이 되면 주로 윷놀이나 투호 놀이를 한다. 배경음악은 민요 메들리를 잔잔하게 틀어 놓고 흥이 나도록 했다. 오전과 오후 프로그램 진행을 맡게 되었다.

"제 부모님은 지방에 계시니 일 년에 한두 번 얼굴을 볼까 말까 합니다. 그렇지만 여기 계신 어르신들은 매일 만납니다. 그렇지요." 고개를 끄덕이는 분도 계신다. 아마 어르신들은 집에서 지내는 시간보다 센터에서 생활하는 시간이 더 많을 겁니다. 센터를 내 집이라 생각하고 편안한 마음으로 계시면 좋겠습니다. 저희는 어르신이 행복하고 즐거운 센터 생활이 되도록 도와드리는 사람입니다. 혹시 부족하거나 모자라는 부분이 있으면 언제든지 말씀하시면 최선을 다하겠습니다. 오늘은 보시다시피 선생님 세 분만 근무합니다. 그래서 저희가 잠깐 다른 일을 할 때 선생님들 힘든다고 살짝 화장실 다녀오시면 반칙입니다. 저희는 어르신 안전을 최우선으로 해야 합니다. 혹시 화장실 가거나 저희 도움이 필요하시면 언제든지 선생님하고 손을 들어 주시면 안전하게 모시겠습니다.

자! 연습 한번 해 보겠습니다. 오른손 드시고 선생님! 예, 좋습니다. 이렇게 불러 주시면 됩니다. 대부분 잊어버리지만, 한두 분은 선생님하고 부르기도 합니다.

오늘은 우리 어르신들 현재 나이 앞자리를 전부 빼겠습니다. 왜냐하면 앞자리가 붙으면 무겁기 때문입니다. 무거우면 멀리 가지도 오래 가지도 못합니다. 그래서 앞자리를 떼겠습니다. 그러면 영 살에서 아홉 살 밖에 없습니다.

자! 여기는 임금님이 사시는 궁궐 대궐 뒷마당입니다. 아까 앞자리를 뺀 나이로 돌아가서 지체 높은 양반댁 자제가 된 기분으로 우리 어르신들과 함께 투호놀이를 하겠습니다. 오늘은 단체전과 개인전으로 두 번 하겠습니다. 단체전을 먼저 하겠습니다. 명자 어르신 기준으로 이쪽에 계시는 분은 청팀 이쪽은 홍팀으로 하겠습니다. 청팀! 손들어 보세요. 잘하자는 의미로 화이팅! 한번 외쳐 봅니다. 자 이번에는 홍팀도 질 수 없습니다. 다 같이 홍팀 화이팅!"

청팀인 어르신과 홍팀인 어르신들이 마구 화이팅을 했다. 두서가 없고 무질서하게 보이지만, 관계없다. 처음에는 의아하게 생각했는데 근무할수록 그게 대수가 아니었다. 즐기면 되고 대담하시면 된다. 화살 개수는 10개씩 똑같이 드린다. 무대를 중심으로 오른쪽과 왼쪽에 앉아 계시는 어르신이 한 분씩 교대로 일어나서 던지도록 한다.

한 분 한 분 일어서서 던질 때마다 항아리 속에 화살이 들어가면 환호성이 터졌다. 항아리에 들어가지 못할 때는 아쉬운 모습을 지울 수가 없었다. 남자 어르신이 많은 청팀의 승리였다. 청팀이 승리입니다. 자 이번에 몇 개 못 넣었다고 실망하시거나 포기할 필요가 없습니다. 또 기회를 드리겠습니다.

단체전이 끝나면 개인전으로 들어간다. 방금 한 것은 단체전입니다. 많이 넣고 적게 넣고 상관없습니다. 앞서 하신 게임은 준비 게임 했다. 생각하고 완전히 잊어버리겠습니다. 지금부터 본 게임입니다.

지금부터는 개인전으로 들어가겠습니다. 이번에는 가장 많이 넣으신 분은 어느 분인지 최우수 선수로 모시겠습니다. 좀 전처럼 화살 개수를 똑같이 드린다. 이번에는 한 분씩 차례대로 던진다. 하나가 들어갈 때마다 선생님들은 함께 하나! 둘! 다 같이 외친다. 오른손 다섯 개를 던지고 왼손으로 다섯 개를 던진다. 열 개를 전부 던지고도 항아리에 하나도 못 들어가면 투호 항아리를 어르신 발 앞으로 쓱 당긴다. 오늘 진행자는 접니다. 규칙은 제가 만듭니다. 마음 놓고 넣으십시오. 왜 제가 이렇게 당겨 놓느냐 하면 오늘 집에 가서 주무실 때, 낮에 투호 하다가 하나도 못 넣었다. 생각하시면 속상해서 잠을 못 주무실 것 같습니다. 어르신 걱정이 되어 오늘 저녁 깊은 잠 주무시도록 이렇게 당겨 놓았습니다. 하고 너스레를 떨었다. 어르신과 선생님들은 나의 엉뚱한 행동에 손뼉을 치며 웃었다.

　게임의 규칙은 공정한 게임을 하기 위해 만든 것이다. 나는 공정한 게임보다는 어르신들의 성취동기나 자신감이 중요하다고 생각한다. 토요일 프로그램 진행은 진행자에게 자율성이 주어진다. 내가 만드는 것이 규칙이다. 어르신들이 그 시간만큼은 세상 모든 시름을 잊고 즐겁고 행복한 시간이 되면 그것 만으로도 그 시간은 성공이라 생각했다. 할 수 있다는 용기와 자신감 해냈다는 성취감이 중요하다. 말로만 되는 게 아니다. 게임을 통해 할 수 있다는 믿음이 조금씩 자리 잡아가길 바랐다. 집에서는 할 수 없지만, 센터에서는 모두 함께하는 공간에서 발휘할 수 있는 기회가 될 수 있었다. 단순히 시간 때우는 프로그램에서 벗어나 느끼고 즐기면서 그 시간만큼은 모든 것이 이루어지는 공간을 만들고 싶었다. 오늘 이 자리에 참석하신 우리 어르신 모두 최우수 선수입니다. 움직일 수 있고 걸을 수 있고 던질 수 있는 우리 어르신들 모두 큰 박수를 보냅니다. 자식들에게 줄 수 있는 가장 큰 선물은 돌아가실 동안 화장실은 내 발로 가는 것입니다. 맞지요. 그 발이 있어서 오늘 아침 센터에 나올 수 있었고 이곳저곳 다닐 수 있었습니다. 식당도 가고 화장실도 다녀올 수 있었습니다. 자아~ 한쪽 발 올려 주시고요. 내 발 한 번 만져 주세요. 사랑한다. 고맙다. 발을 만지면서 발에 감사한 마음 잠시 전하겠습니다.

발아 고맙다. 발아 사랑한다. 앞으로도 잘 부탁한다.

양쪽 발 마사지를 짧게 하고 인사로 마무리했다. 자 다 같이 만세 삼창 외치고 이 시간 마무리하겠습니다. 우리 어르신 모두 최우수 선수입니다. "만세", "만세", "만세"

어르신들의 만세 소리가 오래도록 이어지고 건강하시길 바라본다.

알베르트 아인슈타인은 "상식은 18세까지 습득한 편견의 집합이다."라고 했다. 단오에 심청이와 이 도령이 그네를 탄다고 한들 그게 무슨 대수인가. 세상은 춘향이와 이 도령이라고 하지만, 그것은 사람들이 만들어 낸 것뿐이다. 센터 안에서는 세상의 상식에 조금 틀리고 조금 아니더라도 어르신이 맞다고 하면 맞는 것이다. 당직이 되면 프로그램을 기획한다. 그동안 배운 실버 체조나 레크리에이션 자료를 활용하고, 유튜브를 참고하기도 했다. 무슨 일이든지 미리 준비하는 태도와 자세가 중요하다. 이 프로그램을 진행하면 어르신께 어떤 도움이 있을지 어떤 기능 회복에 좋을지 생각한다. 어르신께 의미 있고 가치 있는 시간이 되기 위해서는 상식을 뒤집는 기발함도 필요했다. 상식의 편견에 갇힌 나보다 상식을 뛰어넘는 어르신의 기발함에 박수를 드리고 싶다.

7

서초동 요양보호사

"엄마가 국 냄비를 다 태웠어요. ㅜㅜ 집에 불이 날 뻔했네요. 언니가 집에 가서 다행." 문자를 보는 순간, 가슴이 쿵 하고 내려앉았다. 시계를 보니 밤 9시. 6시에 퇴근할 때 저녁을 차려 드릴까 여쭈니 아직 드시지 않겠다고 했다. 저녁 드실 때 데워서 드시라고 육개장을 가스레인지에 올려 두고 나왔다. 치매 환자를 믿은 나의 잘못이었다. 한시도 마음을 놓을 수 없다, 평소에는 전혀 환자 티가 나지 않고 멀쩡하다. 완전 정상인처럼 보인다. 이튿날 출근하니 까마귀 날개처럼 새까맣게 탄 냄비가 싱크대 안에서 나를 기다리고 있었다. 냄비에 물을 붓고 식초를 조금 부었다. 물이 끓을 때 고무장갑을 끼고 수세미로 문질렀다. 말끔하게 지울 수 있었다. 팔과 어깨가 얼얼하지만 하얗게 원래 모습을 찾은 냄비가 나를 보고 환하게 웃는 것 같았다.

흔히 지역 이름을 따서 호칭을 부른다. 이모가 대구 살면 대구 이모, 고모가 경주 살면 경주 고모 식으로 부른다. 어릴 때 대구 이모 경주 고모라는 이름은 당연하게 불렀다. 어느 날 내 이름 대신 서초동 요양보호사가 되었다. 글자를 보는 순간, 내 모습은 보이지 않았다. 서초동 사는 것도 아닌데 왜 서초동 요양보호사가 되었을까? 내 이름은 어디로 갔을까? 그때 나는 서초동 아크로비스타에 출근하는 요양보호사였다. 서울중앙지방법원이 길 건너편에 보이는 아크로비스타 근무하면 서초동 요양보호사가 되는 것일까? 근무 시간 세 시간. 출퇴근 한 시간. 왕복 두 시간 총 다섯 시간이 소요되었다. 일반 직장인에게는 흔한 일이지만, 요양보호사 최악의 근무조건은 출퇴근 시간이 한 시간 이상 소요되는 것이다. 이동 시간을 줄이기 위해 한 댁에서 긴 시간 근무를 원했는데, 한 달 60시간 근로를 채우지 못해 영등포에서 서초까지 가야 할 형편이었다. 찬밥 더운밥 가릴 상황이 아니었다.

센터장 연락을 받고 월요일부터 출근하기로 했다. 보통은 센터장이 함께 방문하지만, 동과 호수만 가르쳐 주고 직접 찾아가라고 한다. 검색하니 고속터미널역에서 버스 환승이 나왔다. 고속 터미널 내려서 출구로 나왔지만. 어느 쪽으로 가야 하는지도 몰랐다.

고속 터미널 파출소가 보여 묻기로 했다. 초인종을 눌렀더니 젊은 경찰이 나와서 핸드폰으로 검색해서 버스 정류장을 가르쳐 주면서 3420 버스를 타고 가라고 했다. 버스를 10분 정도 기다렸다. 30~40분 정도로 예상한 시간이 한 시간이 다 되었다. 일찍 나오길 잘했다. 약속 시간 3시에 겨우 도착할 수 있었다.

김 할머니는 5등급이다. 출근하던 중 보호자가 연락이 왔다. 공단에서 보내서 왔다 하라고 했다. 대충 감이 잡혔다. 인사를 하고, 손을 씻은 후 앞치마를 입고 설거지와 청소를 했다. 일하는 옆에서 계속 나에게 물었다. 공단에 누가 보냈는지 알아야 인사라도 할 것 아니냐. 우리 집은 매일 오지 않아도 된다. 주 3일만 오면 된다. 가거들랑 공단에 말해서 3일만 오도록 해라. 매일 오면 내가 불편하다. 일하는 것보다 할머니 말에 답하는 것이 훨씬 피곤했다. 3시간 근무가 30시간 근무처럼 느껴졌다. 속으로 내일부터 못 가겠다고 센터장에게 전화할까. 이렇게 어려우면 한 달 60시간 근로를 못 채우고 건강보험을 지역 보험으로 내는 것이 낫지 않을까. 여러 가지 생각이 들었다. 첫날이라 청소도구를 챙겨야 하고 주방 싱크대 조리기구 위치를 파악해야 했다. 냉장고 안에는 먹다 남겨 둔 유제품 들이 숟가락이 걸쳐진 채 들어 있었다. 남은 음식은 그릇에 담아 휴지 한 장을 덮어 둔 것이 많았다. 오늘 냉장고 청소까지는 힘들 것 같았다. 청소와 주방 설거지를 하고 정리했다. 퇴근 때는 내

일 오지 말라고 당부했다. 센터장과 보호자에게 상황을 전했다.

　이튿날, 고속버스터미널 역에 내려 그 자리에 서서 다음 오는 일반 열차를 타고 사평역에 내렸다. 아크로비스타까지 걸어가는 데 30분 정도 걸린 것 같았다. 어제와는 달리 반갑게 맞아 주셨다. 한시름 놓았다. 센터장의 계속된 설득에 마지못해 승낙한 모양이다. 매일 온다 해서 처음에는 깜짝 놀랐다. 는 말을 몇 번이나 했다. 그때마다 아이코 그러셨겠네요. 놀라셨겠어요. 하면서 맞장구를 치면서 일을 하니 한결 수월했다. 일이 힘든데 우유나 음료수를 마셔라. 하며 일을 잘한다고도 했다. 그렇지만 내가 주방에서 일하면 할 일도 없으면서 무엇이라도 해야 하는 것처럼 주방을 들락거렸다. 믿지 못하고 불안해하는 것 같았다. 고향이 어디 신지 여쭈었다. 대구라고 했다. 고향 분을 만나서 반갑다는 인사를 드렸다. ○○ 여고를 나와서 ○○ 여대를 나왔다고 하셨다. 할아버지는 나에게 거침없이 아줌마라고 불렀다. 모르고 그렇게 부르는 것 같았다. 고향의 낯익은 말투라 크게 거슬리지는 않았지만, 그분께 나는 요양보호사가 아니라, 도우미 아줌마가 된 것 같았다. 아직은 좀 더 친숙해지면 요양보호사라고 불러 달라고 해야겠다 마음먹었다. 서로가 적응 기간이 필요하다.

삼 일째 되는 날은 고속버스터미널 역에서 3호선으로 환승. 교대역 6번 출구로 나왔다. 아크로비스타까지 약 700m 거리라 5분 내외의 시간이 걸렸다. 지하철 환승하더라도 교대역 내리는 것이 시간이 가장 절약되었다. 김 할머니가 우리 집까지 오는 시간이 얼마나 걸리느냐고 수시로 물었다. 한 시간쯤 걸립니다. 하니 너무 힘들겠다고 몇 번이나 말씀하셨다. 이삼일 청소와 주방 설거지 일하는 것을 눈여겨보시고 약간 마음을 놓은 것 같았다. 내가 청소하는 동안 침대에 누워서 기계로 안마를 하시기도 했다. 우리가 10월에 미국 가는 데 갔다 와도 올 수가 있느냐고 물으셨다. 그때 상황을 봐야겠다고 대답했다.

매일 출근하면 할머니 약을 미리 챙겼다. 본인은 이 약을 너무 오래 먹어서 먹지 않아야 한다고 했다. 매일 드실 약은 요일별로 통에 담겨 있다. 통을 확인하고 비워지지 않았으면 드시도록 하고, 드시지 않은 날은 할아버지가 옆에서 약을 먹으라고 권하셨다. 마지못해 드시기도 했다. 집안 상황이나 어르신 상태 구해야 할 물품 등은 보호자에게 연락했다.

내가 만난 아크로비스타 가는 길은 교통량이 많아서 출퇴근 시간이 아니더라도 도로는 늘 복잡했다. 주변에 지하철역이 세 군데나 있는 곳. 언덕이 높아서 자전거 타기도 어려운 동네. 고속터미널역에서 버스를 10분 기다려야 하는 곳으로 기억된다. 대통령이 사는 곳이라 속도 화려할 것 같았지만, 그 속에 사는 사람들도 나이 들어 늙고 병들어 다른 사람의 도움을 기다리고 있는 것은 다른 곳과 별반 다르지 않았다.

사람은 누구나 이름 석 자를 가지고 산다. 나에게도 이름이 있다. 그 댁에서 나는 서초동 요양보호사였다. 성은 서 씨고 이름은 초동이다. 대구 이모, 경주 고모는 거침없이 불렀는데, 서초동 요양보호사는 왜 이렇게 목이 꽉 막히는 걸까. 이름 석 자 입력하고 불러 주기가 그렇게 어려운 일이 아닐 텐데. 시꺼멓게 타 버린 국냄비처럼 내 속이 시꺼멓게 된 것 같았다.

부모님 계신 곳이 서초동이라 그렇게 입력했겠지. 생각하면 문제 될 것이없다. 별것도 아닌 일인데 나의 모난 성격 탓에 가슴이 답답했다. 며칠 뒤 어르신들은 미국 아드님 댁으로 여행을 가신다고 하셨고, 나는 계약 기간이 9월 말로 만료되어 그 댁 일을 그만두었다. 부족한 점은 없었는지, 잘못한 것은 없었는지 그동안 서초동 일을 마치고 매일 적은 나의 일기장을 열어본다. 새까맣게 탄 냄비를 닦아 원래의 모습으로 만든 흔적도 보인다. 서초동 요양보호사 이제는 그 딱지를 떼고 1% 다른 요양보호사로 날개짓을 꿈꾼다.

제 5 장

프로 요양보호사의
원 포인트 레슨

1

선물은 고맙습니다만

"이 댁 따님이 전해 드리라고 합디다." 하면서 홍삼액 선물 세트 박스를 들고 따라 나와서 건넨다. 얼떨결에 감사합니다. 하고 받긴 받았다. 밖에는 비가 오고 있었다. 이 큰 박스 들고 다음 근무지로 가려고 하니 거추장스러웠다. 이것을 들고 가면 그 댁에서 어떻게 생각하실까. 그분들은 아무 생각 없을 수도 있겠지만 머릿속이 복잡했다. 시계를 보니 잠시 시간적 여유가 있었다. 지하철역 화장실로 갔다. 행사 때 기념품을 받으면 그냥 들고 와서 집에서 뜯는 습관이 있었다. 어릴 때 엄마한테 배웠다. 누가 무엇을 주든지 받으면 집에 와서 어른들께 먼저 보여 드리고 뜯어야 한다고 했다. 이제는 보여 드릴 어른도 없지만, 집에서 포장지를 뜯는 습관이 되었다. 간혹 행사장에서 포장지를 뜯어 쓰레기통에 버리는 모습을 보면 그들을 이해할 수 없었다. 나이가 들고 보니 겉 포장지를 뜯어 짐을 줄이는 것도 현명한 일인 것 같다. 그날은 어쩔 수 없었다. 박스를 열어 내용물을 가방에 담았다. 박스와 쇼핑백은 쓰레기통에 버리고 나왔다. 밖으로 보이는 게 없어서 어깨가 무거워도 견딜 만했다. 우산 든 손이 자유로웠다.

매주 한 번씩 목욕을 도와드리는 댁에서 일이다. 추석이 며칠 남지 않았고 밖에는 비가 부슬부슬 내렸다. 평소와 다름없이 짧은 비닐 앞치마를 입고 어르신 목욕을 시작했다. 그나마 이 앞치마를 입으면 옷을 덜 버린다. 다리는 아랫도리를 둥둥 걷으면 된다. 청바지를 입는 날은 아랫도리 걷기가 불편하다. 미리 집에서 입는 반바지 한 장 챙기면 일하기가 수월했다. 좁은 목욕탕 문에 휠체어는 똑바로 들어와야 통과할 수 있다. 입주 요양사와 둘이 휠체어를 목욕탕 안으로 밀고 들어와서 어르신을 양변기 위에 앉힌다. 운이 좋은 날은 변기에 앉아서 바로 힘을 주고 변을 보기도 했다. 어떤 때는 목욕을 다 마치면 변을 보기도 했다. 그나마 목욕탕에서 변을 보는 날은 다행이었다. 냄새가 나지만, 머리를 감기고 세수와 면도를 하고 온몸을 비누칠해서 물로 헹군다. 피부가 접쳐지는 부위 손가락 사이사이를 좀 더 신경 써서 씻고 닦인다. 다시 한번 몸에 비눗기가 남아 있지 않도록 샤워기로 헹군 다음, 수건으로 닦고 웃옷

만 입힌다. 휠체어에 수건을 한 장 깔고 이동한 뒤 침대에서 기저
귀를 채우고 편한 고무줄 바지를 입힌다. 목욕이 끝난 후, 목욕탕
청소를 시작한다. 명절에 손님들이 오니 칸막이 유리창과 선반 위
를 닦고 목욕탕 대청소를 해달라고 했다. 칸막이 유리창은 물때가
끼어 비누칠해서 닦아도 표가 없다. 그렇지만, 다시 비누칠 하고
물로 씻었다. 선반에 있는 잡다한 물건들을 전부 내리고 다시 닦
은 후 정리했다. 화장실 변기 청소는 기본이다. 하수구의 머리카락
은 사용 후 바로 치우면 좋을 텐데. 나의 손을 기다리고 있다. 습관
이 중요하다. 자기가 사용한 것은 자기가 뒷정리 하는 습관이 되어
야 한다. 칸막이 유리는 유리창 닦기로 남은 물기를 쓸어내리고 마
른걸레로 물기를 닦았다. 처음보다는 깨끗해졌다. 화장실 바닥의
물기도 말끔하게 닦아 냈다. 목욕탕 화장대 앞 거울도 환하게 닦았
다. 집이나 회사 상황은 화장실을 보면 알 수 있다고 한다. 나의 작
은 수고가 깨끗하게 화장실에 남아 있었으면 하는 바람으로 일을
마쳤다. 목욕은 한 시간으로 정해져 있다. 공단 소속으로 근무하면
태그를 찍고 한 시간을 무조건 채워야 한다. 일 분의 오차도 허용
되지 않는다. 비급여로 보호자가 부담하는 댁은 일을 마치면 승낙
받고 퇴근하는 것이 관례다.

오후 근무 중이었다. 선물 받은 댁의 요양사가 전화를 했다. 아

까 받아 온 박스 안에 뭐가 들어 있지 않았냐고 물었다. 아무것도 없었다고 말했다. 알았다. 하고 전화를 끊었다. 바쁘게 정리했지만, 박스 안에는 아무것도 없었다. 전화를 받고 나니 괜히 마음이 찜찜했다. 뭐가 있었단 말인가. 혹시 내가 박스 속에 있는 봉투를 쓰레기통에 버리고 왔나. 납작한 쇼핑백에 들어갈 수 있는 것은 카드와 봉투밖에 없다. 카드는 무게가 있으니 떨어지면 감이 있지만 그런 것 같지는 않았다. 봉투는 크기가 있으니 못 볼 리도 없었다. 혹시 봉투 속에 돈이라도 들어 있는 것을 내가 버리고 왔나. 그럴 리는 없겠지. 생각하면서도 지금이라도 지하철역을 가볼까. 청소하시는 분들이 쓰레기를 버리지 않았을까. 만약 그분들이 버렸다면 찾을 수도 없다. 생각은 꼬리에 꼬리를 물고 일어났다. 중요한 것은 근무 중에는 근무지를 이탈할 수 없다. 마음은 복잡했지만 한 걸음도 밖으로 나갈 수 있는 상황이 아니었다. 있다고 해도 내 것이 아니고 없으면 원래 없는 거다. 생각하니 복잡하던 마음이 한결 편안해졌다. 일을 마치고 지하철을 기다리고 있었다. 전화가 왔다. 이 댁 딸이 장을 보다가 카드를 잃어버렸는데 혹시 그 안에 있었는지 물었다. 고 했다. 다행히 자기 지갑 안에서 카드를 찾았다고 한다. 명절 장보기도 복잡하겠다. 일주일에 한 번 목욕 시켜주는 요양사까지 챙겨야 하니 보호자도 분주했을 것 같다. 경황이 없으니, 카드를 챙기고도 잃었다고 할 수도 있겠다. 비가 오는데 지하철역

까지 가지 않아서 다행이다. 내 것이 아닌데 부질없는 욕심이 일어
난 내 마음이 부끄러웠다.

　근무하다 보면 명절을 지나게 된다. 주간 돌봄 센터에서 근무할
때는 직원 모두 똑같은 선물을 받고 센터에 감사했다. 선물 세트를
들고 퇴근하는 날은 명절 분위기가 나는 듯했다. 재가센터 소속으
로 근무하면 보호자에 따라 크고 작은 선물을 주면 감사히 받았다.
평소에 잘하지. 꼭 선물 받을 때만 때늦은 후회를 한다. 특별히 잘
해 드린 것도 없는데 챙겨 줄 때는 부담이 되는 것도 사실이다. 그
렇다고 받지 않을 수도 없다. 주는 대로 받고 앞으로 좀 더 잘해 드
리자. 다짐한다. 작은 마음의 선물은 그동안의 감사와 앞으로 잘
부탁한다는 의미가 담겨 있다. 고마운 마음으로 주는 것을 감사한
마음으로 받으면 된다. 생각했다. 요양보호사 일을 하다 보면 선물
을 주는 것보다 받는 경우가 많았다. 나는 언제쯤 선물을 주는 사
람이 될 수 있을까. 명절을 보내고 출근하는 날부터 어르신께 매일
선물 같은 날을 드리자. 다짐하지만, 마음이 야무지지 못해서인지
며칠만 지나면 그 마음은 어디로 갔는지 찾을 수가 없었다. 그렇지
만 나의 원칙과 기준에서 최선을 다해 어르신을 모시는 마음은 변
함이 없었다. 어차피 모시는데 그분이 대우받는다는 기분이 들도
록 모시고 싶었다.

항상 감사하는 마음을 가지자. 내가 지금 가진 것만으로 행복하지 않다면, 더 많이 있다고 해도 결코 행복해지지는 못할 것이다. 작은 선물 하나라도 소중히 감사한 마음으로 받으며, 고마운 마음을 가져야겠다. 다음번 목욕을 할 때는 어르신께 어떤 인사말을 하면 기뻐하실까. 언어 표현이 자유롭지 못한 어른께 목욕은 어떻게 해드려야 좋아하실까 생각하며 발걸음을 재촉한다. 앞으로 어르신 목욕 좀 더 신경 쓰고 잘해드려야지. 마음의 약속이 언제까지 지켜질지는 모르겠다. 그래도 조용히 다짐해 본다. 주신 선물 고맙게 잘 받았습니다. 감사한 마음으로 잘 먹겠습니다.

2

좋은 돌봄이 되기 위해서

"선생님 그 구석에 들어가서는 왜 그렇게 오래 있어요. 빨리 나와야지."

난데없이 화살이 등에 와서 꽂힌다.

어르신이 등원하면 현관 의자에 앉아서 신발을 벗고 미리 준비한 실내화를 갈아 신고 생활실로 이동한다. 자리에 앉아서 손 소독을 한 후 외투를 벗어 옷장에 정리한다. 옷장에는 옷걸이가 있어서 외투를 걸어두고 센터에서 입으실 조끼나 카디건 같은 가벼운 옷으로 갈아 입혀 드린다. 그날은 천 어르신 외투를 벗겨 드리고 나니 바지 앞 지퍼가 열려 있었다. 보호자는 활동하기 편한 체육복을 입고 가시라 해도 굳이 양복바지를 입고 가시겠다 고집하신다고 했다. 옆에 남자 선생님이나 과장이 있으면 살짝 귀띔하면 되는데 그날따라 주변에는 아무도 보이지 않았다. 할 수 없이 몸으로 어르신 앞을 가리고 지퍼가 내려와서 제가 올려 드리겠다고 말씀드리고 지퍼를 올렸다. 그 순간 화살을 맞게 되었다. 김 할머니께 다가갔다. 귀에 대고 작은 목소리로 말씀드렸다.

"천 어르신 앞 지퍼가 내려와서 제가 올려 드렸습니다." 그제야 고개를 크게 끄덕인다. 이해하면 별것 아닌 일이 오해를 하게 되면 걷잡을 수 없이 큰 문제로 이어진다. 작은 일 사소한 일에도 세심한 배려가 필요했다.

초겨울날씨는 춥지 않아서 겨울답지 않게 포근했다. 12월 중순부터 눈이 오고 춥기 시작한 날씨는 겨울다웠다. 영하 20도를 오르내리고 체감 온도는 영하 25도라고 매스컴은 연일 떠들었다. 길이 미끄러웠고 장갑을 끼고 있었지만, 손끝이 떨어져 나가는 것 같았다. 종일 눈이 온다는 예보로 장화를 신고 나왔다. 털이 없는 장화는 발이 금방이라도 동상이 걸릴것처럼 시렸다. 아침 7시 30분부터 시작한 송영은 3차에 걸쳐 마치고 센터에 들어오면 열 시 전후가 된다.

아침 시간 실내에서 근무할 때 일이다. 어르신들이 등원하셔서 옷을 갈아입고 간식을 드시면 일찍 오신 분들은 자유 시간으로 잠시 침대에서 쉴 수 있는 여유가 있다. 침대에 눕혀 드리고 물리치료 용구를 다리에 채워 드린 후 기계를 작동시키고 침대 걸이를 올려서 낙상 방지를 예방한다. 어르신 한 분을 눕혀 드리고 나니 바로 옆 침대 위에 검은 가죽 장갑이 한 켤레 있었다. 누우신 강 어르신께 혹시 이 장갑 어르신 것이냐고 하니 그렇다고 하셨다. 생각 없이 드리고 나니 화장실 가셨던 정 어르신이 오셨다. 내 장갑이 없어졌다고 한다. 어르신들이 깜박하시기 때문에 혹시나 해서 집에 보호자님께 장갑을 끼고 오셨는지 확인하니 끼고 가셨다고 하셨다. 사무실에서는 CCTV를 돌려보고 장갑을 찾기 위해 과장은 몇 번이나 어르신 옷장 쪽으로 왔다 갔다 했다. 어르신이 센터에서 장갑을 잃어버린다는 것은 있을 수 없는 일이다. 어떻게 하면 장갑을 찾을 수 있을까. 두세 번 어르신 옷장과 외투 주머니를 뒤져도 찾을 수가 없었다. 수업이 시작되기 전 마지막이라는 생각으로 두 분 어르신 옷장에 있는 것을 전부 꺼냈다. 강 어르신 옷장에서 장갑이 한 켤레 있었다. 앗! 어르신이 착각하셨구나. 생각하고 얼른 장갑을 들고 사무실로 갔다. 장갑을 보더니 아까 CCTV에 강 어르신이 약간 흰색이 있는 장갑을 끼고 오셨다고 했다. 장갑을 두 개 끼고 올 리는 없고, 강 어르신 장갑은 옷장에 있는 것이다. 검은 가죽 장갑은 정 어르신 것으로 판명되었다. 안도의 한숨이 나왔다. 내가 정 어르신이 장갑을 침대에 놓는 것을 보지 못하고 강 어르신 것이라고 믿고 드린 것이 화근이었다. 잘 알아보고 드려야 하는데…. 장갑 주인을 찾아서 다행이었다. 어르신들을 모시다 보면 잠시 방심할 수가 없다. 사건 해결은 문제의 원인을 찾고 차분히 생각하고 민첩하게 접근해야 한다. 언제나 촉을 세우고 어르신께 관심과 집중만이 실수 없이 일 처리할 수 있었다.

센터에서 어르신들 발라 드리라고 핸드크림을 챙겨 주었다. 늘 손소독제만 사용하던 어르신 손과 선생님들 손이 거칠었는데 마음 놓고 하루 서너 번 핸드크림을 사용할 수 있어서 감사했다. 얼른 발라 드리고 싶지만, 프로그램 마치고 쉬는 시간이나 어르신들이 무료해 하는 시간에 챙겨드려야겠다고 생각했다.

"지금 제가 드리는 것은 손소독제가 아니고, 보습제입니다. 손등부터 문지르시면 손이 촉촉해집니다." 앞에 서서 전체적으로 말씀을 드리고 차례대로 한 분씩 손등에 핸드크림을 짜드린다. 손등끼리 문지르라고 알려 드리고 문지르는 것을 확인한 다음 옆에 계신 분께 짜드린다. 간혹 손소독제에 익숙해진 어르신들이 손바닥을 내밀면 손등을 내시라 하고 손등끼리 문지를 수 있도록 도와 드렸다. 어느 날 오후 시간이었다. 처음부터 차례대로 핸드크림을 짜드리고 있었다. 김 어르신이 고개를 숙이고 주무시는 것 같았다. 핸드크림 바른다고 깨우기가 조심스러웠다. 그냥 지나와서 반대쪽

부터 발라 드리고 있었다. 서너 분 손등에 발라 드리던 중

"아, 선생님 나는 왜 안 주고 그냥 가느냐." 큰 목소리가 들렸다.

"아이코! 우리 어르신이 주무시는 줄 알았지요. 조금만 기다리세요. 여기하고 바로 가겠습니다."

"나 안 자고 TV 보고 있었어."

"예, 예 그쪽으로 가겠습니다." 급하다고 다시 돌아갈 수가 없다. 발라 드리던 어르신들을 마친 후, 김 어르신께도 핸드크림을 손등에 짜 드렸다. 센터 어르신들은 모든 것을 똑같이 나누어야 한다. 손소독제로 거칠어진 어르신 손에 핸드크림으로 촉촉하게 해드리고 나니 밖이 아무리 추워도 어르신들의 손만은 촉촉하고 포근한 봄이 온 것 같다.

올겨울은 눈도 많이 오고 겨울다운 날씨다. 옆집 할아버지는 겨울 날씨가 추워야 병해충이 모두 얼어 죽고 이듬해 풍년이 온다고 했다. 겨울이 추워야 겨울답다고 한다. 겨울이 겨울답듯 요양보호사다운 요양보호사가 되기 위해 나는 무엇을 어떻게 해야 할까 생각해 본다.

첫째, 어르신 입장으로 생각하자.

둘째, 내 부모라는 마음으로 도와드리자. 그들이 대우받은 기분 느끼도록 도와드리자.

셋째, 내가 할 수 있는 일은 최선을 다하자. 운전, 기록, 프로그램 진행, 어르신 케어 양치, 대소변 수발을 빈틈없이 하자.

창밖으로 쌓인 눈이 어느새 어르신의 머리 위에 내려앉는다. 흰머리 백발이 되고 얼굴은 주름이 가득하지만, 마음은 늙지 않는다는 강사님의 말씀이 생각난다. 그림 색칠을 할 때는 어린이 같은 순진함이 얼굴에 가득하다. 멋지다고 칭찬해 드리면 멋쩍어하셨다. 어르신이 자랑스러워하시는 모습을 보호자에게 보여 드리고 싶을 때도 있었다. 일하다 보면 어르신의 입장을 헤아리지 못할 때도 있다. 어르신과 조용히 이야기를 나누면 문제가 바로 해결되었다. 종종 별 것 아닌 일이 오해를 불러 일으키기도 했다. 다툼은 큰 일에서 시작되지 않는다. 작고 사소한 일에도 세심한 배려를 하는 요양보호사가 되고 싶다. 센터에 계신 어르신 모시면서 그분들이 대우받는 느낌이 들도록 모시는 것이 나의 역할이라는 생각이 든다. 내가 맡은 역할 제대로 하기 위해 오늘 하루를 찬찬히 돌아본다. 요양보호 일기를 쓴다. 좋은 돌봄이 되기 위해 어르신의 입장과 마음을 생각해 본다.

3

치매 문제 쉽게 지혜롭게
모두가 행복하게

"치매"라는 단어를 들으면 흔히 마지막을 연상합니다. 어쩌면 여러분도 그렇게 생각했을 것입니다. 그래서 치매 말기가 되기 전에 어떻게 시작되는지, 그리고 그 시작과 마지막 사이에는 삶을 이어 갈 긴 시간이 존재한다는 것을 알려 드리려고 제가 여러분 앞에 서 있습니다. 우리 치매 환자들이 어떤 단계에 있든 우리를 포기하지 마세요. 우린 아직 나눠 줄 게 아주 많습니다. 우리는 다만 다른 방식으로 나눌 뿐입니다." 웬디가 치매 환자 상태로 영국 알츠하이머 협회에서 주관하는 "치매 친구들" 교육에 참여하면서 참여 동기를 말한 것이다. 우린 아직 나눠 줄 게 아주 많습니다. 마지막 한마디에 생각을 모은다.

오래전에 읽은 책 웬디 미첼과 아나 와튼이 지은『내가 알던 그 사람』이 떠올랐다. 영국 요크시에 사는 쉰여덟의 웬디 미첼은 NHS (영국 국민건강보험공단) 의료지원 팀장이다. 딸 둘을 키웠다. 이혼 후 청소부로 일했지만, 뛰어난 기억력과 일 처리 능력으로 의료지원 팀장이 되었다. 은퇴를 몇 년 앞두고 있었다.

그러던 어느 날 머릿속이 뿌옇게 되고 언어 구사력이 떨어진다. 늘 가던 길을 달리다가 넘어지는 일을 겪는다. 과로와 노화 때문이라고 생각했다. 알츠하이머 시초였다. 알츠하이머 진단을 받기까지의 과정, 장기간의 관찰 후 진단이 내려지는 과정, 진단 후 병을 안고 직장생활을 하는 모습이 그려져 있다. 병에 대해 알아가고 같은 병을 앓는 이들과 만나서 사람들에게 질병을 알리게 된다. 치매 치료제 개발 연구에 참여하며 삶을 가꾸어가는 여정이 이 책에 오롯이 담겨 있었다. 알츠하이머 환자의 현실과 감정을 의료 전문가들도 제대로 모른다는 사실을 알고 웬디는 절망한다. 치료약이 없다는 사실에 다시 한번 더 절망한다. 여기에서 좌절하지 않고 치매 환자로서 매일의 경험을 블로그에 기록했다. 그 모습이 아름답게 비쳤다. 박수를 보낸다. 강연과 인터뷰를 통해 치매 환자의 실정과 감정을 사람들과 공유한다. 당당하게 대처하는 모습이 존경스러웠다. 다음 세대에도 치료제가 없다면 딸들이 겪을 곤란을 막는다는 심정으로, 신약의 임상 실험자로 자원한다. 시시때때로 자기가 누구인지 여기가 어디인지 뭘 하고 있는지 잊으면서도 혼자 기차를 타고 여행하고 사람을 만나면서 세상으로 나간다. 만약 나라면 꼼짝도 할 수 없을 것 같다. 우연히 웬디 미첼의 동영상을 본 아나 와튼은 치매로 고생하는 자기 아버지의 모습을 떠올리게 되었다. 그 뒤 런던의 지하철역에서 웬디를 만났다. 그때 웬디는 치매 진단을 받은 지 3년이 되었다. 유쾌하게 이야기를 나누고 자신의 이야기를 책으로 쓰는 데 찬성했다. 웬디 미첼은 세상 사람들에게 자기의 병을 알린다. 같은 병을 앓는 사람들과 교류하고 블로그에 자기 이야기를 기록했다. 나라면 할 수 있을까. 생각하니 자신이 없다. 나는 꿈도 꿀 수 없는 일을 미첼은 당당하고 자연스럽게 하는 모습이 우러러 존경하고 싶었다.

여의도 어느 아파트에 근무할 때다. 할머니는 5등급을 받고 배우자와 함께 생활했다. 딸들은 2~3일에 한 번씩 부모님 댁을 방문했고, 필요한 음식이나 반찬, 부족한 생활용품을 챙겨주었다. 딸이 보낸 음식들이 도착하면 우리 딸이 이렇게 보낸다. 하면서 자랑했다. 할머니는 이동 보행은 정상이지만, 단기 기억이 상실되어 방금 한 행동을 잊어버린다. 전화번호를 수첩에 적어 드려도 못 찾아서 종이에 또 적어달라고 하셨다. 두 번 적어 드려도 마치는 시간 또 볼펜과 메모지를 들고 와서 적어 달라고 했다. 날짜를 파악하지 못하는 지남력 장애도 있었다. 호주의 딸집에 간다고 하시고 출국하는 한 달 전부터 안방에 가방을 펼쳐두고 장롱에서 속옷과 겉옷을 꺼내 여행 가방을 챙겼다. 출근해서 보면 아침에 드실 약이 그냥 있어서 말씀드리면 아까 먹고 다시 넣었다든지 약을 먹었다고 했다. 이 약을 10년 동안 먹었는데, 왜 자꾸 나에게 약을 먹어라. 하는지 모르겠다. 약도 너무 오래 먹으면 안 된다. 하며 화가 날 때는 물건을 던지는 난폭한 행동을 하기도 했다. 그 상황에서는 그냥 자리를 피해 내 할 일을 하다가 시간이 흐른 뒤 다른 쪽으로 주위를 喚起(환기) 시키기도 했다. 할아버지는 외출해서 돌아오실 때마다 도넛이나 아이스크림 빵을 사 들고 오셨다. 할머니에 대한 할아버지의 사랑의 표현이라는 생각이 들었다. 두 분이 함께 나이 들면서 다정한 모습으로 지내면 좋겠다 생각했다. 할아버지의 자상한 사랑에도 불구하고 할머니의 병세는 나아지지 않았다. 더 깊어지는 것 같았다. 치매는 당사자도 힘이 들지만, 보호자가 더 힘들어하는 경우가 많았다. 보호자들에게 내 기준보다는 엄마의 기준을 생각하라고 했다. 한 번은 청소를 마치고 주방으로 들어오니 쇠고기를 씻고 있었다. 수돗물에 나물처럼 씻어서 손으로 꼭 짜고 있었다. 어쩔 수 없었다. 이미 일어난 일이고 말릴 수도 없는 형편이다. 그런가 보다 생각했다. 쇠고기를 씻어서 불고기 해도 큰일 날 일이 아니다. 쇠고기는 씻지 않고 조리하는 것은 우리네 상식일 뿐이다.

그분은 나름대로 본인의 생각으로 최선을 다한 것이다. 내 상식과 다르다고 그들이 잘못되었다는 것이 아니라, 그럴 수도 있고 그들이 나와 다르다고 생각해야 할 것이다. 쉬운 일이 아니지만, 내 생각의 잣대로 바라볼 것이 아니라, 그들의 생각과 입장에서 이해해야 한다.

치매는 누구나 걸릴 수 있는 뇌의 질병으로 우리나라 어르신 10명 중 1명이 앓고 있는 매우 흔한 질병이다. 치매는 개인과 가정의 문제를 넘어 심각한 사회적 문제로 부각 되고 있다. 대한치매학회에 따르면 지난해 기준 대한민국 65세 이상 치매 환자 수는 91만 명으로 추정된다. 유병률은 7.24%다. 전체 치매 환자에서 알츠하이머 치매 환자 비율은 74%, 67만 명으로 집계됐다. 치매 환자 관리로 인한 사회적 비용은 오는 2060년 약 43조 2000억 원이 될 것으로 예상됐다. (머니투데이 22.9.19일) 수명이 길어지고 치매 발병 노인이 많아지면서 우리 모두 관심을 가지고 함께 해결해야 할 사회 문제다.

2017년부터 나라에서는 치매 국가 책임제를 시행하고 있다. 이제는 감추고 걱정할 것이 아니다. 노출하고 국가의 제도를 적극적으로 활용할 수 있어야 모두가 행복할 수 있다. 치매는 발병 요인이 10년에서 20년에 걸쳐 발병되는 것이 특징이다. 초기에 발견

하면 진행을 늦출 수 있으며, 인간의 존엄성을 잃지 않고 품위 있게 여생을 보낼 수 있다. 치매 조기 발견을 위해서는 검사가 우선이다. 검사를 받기 위해서는 자기가 사는 지역의 가까운 치매 안심센터를 찾아가면 된다. 스마트폰에서 치매 체크 앱을 사용하면 치매에 대해서 손쉽게 알 수 있다. 치매 체크 앱은 가정에서 손쉽게 치매 위험을 확인할 수 있다. 치매 체크 앱 외에도 치매에 도움이 되는 다양한 사이트가 있다. 중앙치매센터, 한국 치매 협회, 국민보험 공단 장기 요양 보험 등에도 다양한 자료와 정보가 있다. 치매 환자의 증세는 경증, 중증, 심각의 세 단계로 나누어지고 그중 경증이 발병되면 심각 단계까지는 평균 8년이 소요된다고 한다. 아직은 치료 방법이나 특효약이 없는 질병이지만 관심과 이해로 병에 대한 지연 활동은 가능한 것으로 보고되고 있다.

무슨 일이든지 내가 잘 알지 못할 때는 걱정이 되고 두렵다. 마찬가지로 치매에 대해 알지 못할 때는 걱정되고 두려움이 앞선다. 치매 교육을 이수하기 전에는 치매에 대해 아는 것이 없어서 불안했다. 교육 이수 후에는 크게 두렵지 않았다. 웬디의 말처럼 치매는 마지막이 아니다. 그들 역시 삶을 이어갈 긴 시간이 존재한다. 나눠줄 게 아주 많지만. 다른 방식으로 나눌 뿐임을 헤아려야겠다. 가족과 주변 사람들의 관심과 사랑만이 이 질병을 이겨 낼 수 있을 것이다. 치매에 대해 알고 배우고 관심을 가진다면 모두가 쉽게 지혜롭게 치매를 이겨 낼 수 있다는 생각이 든다.

4

사람은 말을 해야 압니다

"어째 그리 부지런하노."

"예? 제가요 저는 제가 할 일을 했습니다."

"지난번 여자는 (요양보호사) 새까만 원피스를 입고 와서 내 밥 챙겨주고 설거지하고 나면 여기 딱 앉아서 텔레비전만 보고 있었다. 아무것도 안 했다."

"정말입니까." 순간 내 귀를 의심했다. 나로서는 상상할 수 없는 일이었다.

"그럼 내가 거짓말할 일이 뭐 있나."

어르신의 말씀을 듣고 기가 막혔다. 어이가 없었다. 인지가 양호하셔서 잘못 말씀하실 분도 아니다. 먼지가 쌓인 것은 그동안 청소하지 않았다는 것이다. 그러니까 먼지가 그렇게 쌓여 있었구나. 모든 의문이 풀렸다. 이런 일이 있을 수 있나. 있어서는 안 될 일이다. 여자라는 말도 과분한 대우다. 대부분 요양보호사는 열심히 근무하고 있다. 개 중의 한두 사람이 미꾸라지 흙탕물 흐리듯 요양보호사 이미지를 흐리고 있다. 일하기 싫으면 일하러 나오지 말아야할 것이다. 근무하러 왔으면 최소한 자기 맡은 일을 해야 한다. 어르신 혼자 계시는 댁에 이틀에 한 번 청소해도 그렇게 먼지가 쌓이지는 않을 것이다.

"그래서 가만두셨어요."

"그러면 가면 두지, 어쩌나. 나는 아무 말도 안 하고 하는 짓만보고 있었지."기가 막혔다. 자기가 할 일을 하지 않고 어르신 옆에서 TV를 보고 있으면 마음이 불안하지 않았을까. 그렇게 강심장을 가지고 일할 수도 있나. 아니면 몰라서 하지 않은 것일까. 몰랐다는 것은 교육을 잘못 받았다는 것인데 그렇게 가르치는 교육원은 없을 것이다. 어르신 앞으로 그런 일이 있으면 가만두시면 안 되고요. 따님한테 이야기해서 센터장에게 이야기하라고 하셔야 합니다. 혹시 저도 농땡이 치면 그렇게 하시고요. 사람들은 말을 해야압니다. 할머니는 아무런 대꾸도 하지 않으셨다.

체구는 자그마하고 깨끗한 이미지를 가지고 계신 분이다. 젊어서는 교직에 있었다고 했다. 할머니 성격은 조용하고 차분하셨다.

말씀도 조용조용하게 작은 목소리로 하셨다. 아파트 바로 옆 동에서 따님이 반찬을 해서 수시로 들렀다. 자부(子婦)는 여의도에서 사업을 하고 있고 전체적인 관리를 한다고 했다. 일이 있을 때 잠시 들르는 것을 보고 인사를 한 적이 있었다. 자제분들이 가까이 계시니 마음이 든든하실 것 같았다. 외출은 하지 않고 집에서 한강을 보며 살고 있다고 하셨다. 늘 보는 한강이지만 조석으로 다르게 보이고, 계절이 바뀌면 또 다르게 보인다고 하셨다. 하루 중에도 비가 오면 다르고, 해가 나면 다르다고 하셨다. 사람의 마음이 시시각각 변화가 있는 것처럼, 유유히 흐르는 한강도 할머니가 볼 때마다 다른 모습으로 만난 것 같았다. 영등포에서 용산으로 지하철을 타고 건너면서 바라보는 한강은 늘 같은 줄 알았다. 할머니 말씀 속에 한강과 함께한 세월이 열두 굽이 들어 있는 것 같았다. 표현은 하지 않으셔도 한강과 이야기를 나누는 할머니가 초로의 여인 같다는 생각이 들었다. 집에서 신문과 TV를 통해 세상을 만나며 생활하셨다. 조금 오래된 아파트였지만 전체적으로 깨끗해 보였다. 청소기를 들고 보니 눈으로 보이는 모습과는 사뭇 달랐다. 어제까지 요양보호사가 근무했는데 TV 아래, 창틀, 안방에 먼지가 가득했다. 청소하지 않았나. 무슨 먼지가 이리도 많을까. 혼자서 이상하다. 생각하면서 청소기를 돌리고 걸레질했다. 청소기가 닿지 않는 곳은 물걸레로 깨끗이 닦았다. 첫날이라 잘하지는 못하지만, 설거지와 방 청소, 목욕탕 청소를 마치고 세탁기에 돌린 빨래를 널었다. 창틀에도 새까만 매연이 소복하게 앉아 있었다. 물티슈로 창틀을 닦아 냈다. 눈에 보이지 않는 까만 매연 속에서 건강하기 위해 약을 먹고 운동하는 모습이 부질없다는 생각이 들었다. 퇴근할 무렵 할머니가 이리 와서 좀 쉬라고 했다. 할머니와 이야기하면서 집안에 먼지 쌓인 이유를 알게 되었다.

요양보호사는 일정한 교육 240시간 (이론 80시간 실기 80시간 실습 80시간) 오프라인 교육을 받는다.(코로나 전 2018년 당시) 요양보호사 교육원이나 지자체 여성인력개발원 등에서 교육을 받을 수 있다. 이론과 실기 실습을 240시간 이수하려면 나름 바쁜 시간 쪼개가면서 배우고 노력한 결과로 교육 이수 후 시험 응시 자격이 주어진다. 정확한 정보는 한국보건의료인국가시험원 사이트에서 확인할 수 있다. 시험(국가고시)을 치고 받은 요양보호사 자격증이 이렇게 가치 없이 인식되고 구겨져서는 안 된다고 생각한다.

어르신을 돌보겠다고 요양보호사 자격증을 받았으면 기본적으로 해야 할 일은 일상생활 지원이다. 어르신이 일상생활 하는 데 도움이 되도록 청소 설거지 빨래를 해야 한다. 내 몸이 그렇게 소중하면 집에 있어야지 일하러 나오긴 왜 나오느냐고 묻고 싶다. 아무리 사정이 있다 해도 내 눈에는 근무 태만으로 밖에 보이지 않는다. 재가센터에서는 수시로 보호자나 대상자와 소통하고 제대로 근무하는지 관리 감독을 해야 할 책임이 있다. 요양보호사 구하기 어렵다고 근무 태만한 자를 묵인 하는 것은, 열심히 일하는 수많은 요양보호사에게 민폐를 끼치는 일이다. 면전에 대고 말하기 어려우면 퇴근 후 센터장에게 통보해서 고쳐지도록 해야 할 것이다. 요양보호사는 자기가 할 일을 제대로 하는 것이 기본 중의 기본 아닌가?

나 때문에 다른 사람이 불편한 일은 없었을까 생각해 본다. 주간 돌봄 센터에서 근무할 때는 직원들과의 화합이 중요하다. 혼자서 아무리 잘 나고 잘한다 해도 동료들의 호응이 없으면 사상누각에 불과했다. 상대적으로 재가센터에서 근무는 동료들의 화합이 아니라, 보호자나 대상자의 요구나 눈높이를 맞추면 된다. 자신만의 기준을 가지고 누구에게나 당당할 수 있는 명분으로 업무에 충실하면 된다. 요양보호사 일은 너무 과해도 곤란하고, 부족해도 안 된다. 중용을 지키는 것이 수양 되지 못한 나로서는 엄청 어려웠다. 일이 힘든 것은 얼마든지 할 수 있는데 마음이 힘든 것은 견디기가 어렵다.

내가 힘들다 어렵다 소리 하지 않으면 아무도 내 입장을 알아주는 사람이 없다. 입장 바꿔 생각하면 나도 상대방이 이야기하기 전에는 그 사람에 대해서 잘 모른다. 말을 하지 않고 아는 방법은 없다. 말을 해도 감을 잡지 못할 때도 있었다. 말을 하지 않으면 더욱 알 방법은 없다. 내가 말을 하지 않고 상대방이 내 마음을 모른다고 하지 말자. 솔직하게 이야기하자. 황창연 신부님이 강의가 생각난다. 내가 고기를 먹고 싶은지 돈까스를 먹고 싶은지 자식은 모른다. 내가 고기를 먹고 싶다면 고기를 먹고 싶다고, 돈까스를 먹고 싶다면 돈까스를 먹고 싶다고 말해야 한다고 했다. 말을 해야 서로 소통할 수 있다. 소통되어야 상대방의 마음을 읽을 수 있을 것이다. 표현하지 않아도 알 수 있는 것은 없다. 상대방의 말을 잘 들어 주는 것도 말하기 못지않게 중요하다. 어르신과 눈을 마주 보고 고개 끄덕이며 맞장구치는 요양보호사가 되고 싶었다. 조금씩 노력해 보자. 지금까지 나는 나를 표현하지 못했다. 나의 속마음을 전하지 못해 안타까운 적도 더러 있었다. 그 자리에서는 말하지 못하고 돌아서서 한참 지나고 난 뒤 내가 그때 이 말을 했으면 좋았을걸. 왜 그 말 못 했을까. 하는 아쉬움이 남은 적도 많았다. 할 말은 하고 소통해야 한다.

요즘 나는 자이언트 책 쓰기 수업을 듣고 있다. 선생님은 언제 어디서나 당당하고 자신 있게 어깨를 펴라고 하셨다. 신호를 기다리는 횡단보도 앞에서 양손을 허리에 딱 올리고 어깨를 펴고 고개를 들어 정면을 바라본다. 다른 사람 시선 의식하지 않는다. 내가 당당하기 위해서다. 일단 내가 자세부터 당당해야 한다. 자신 있게 어깨를 펴고 살아야 할 말도 할 수 있다. 물론 조리 있고 설득력 있는 말을 하려면 준비하고 노력해야 한다. 너무 어렵게 생각하지 말자. 내 말 잘 들어 주는 친구가 필요하면 내가 먼저 친구 말을 들어주는 친구가 되자. 그리고 당당하게 이야기하자.

5

내 자리를 찾습니다

"아줌마, 이 가방과 옷은 저쪽 방안 말고 방문 앞에 두면 좋겠다." 식탁 의자 위에 두었던 나의 가방과 얹어놓은 옷을 두고 할아버지가 말씀하셨다. 아줌마가 아닌 요양보호사지만 할아버지 눈에는 아줌마로 보였을 것이다. '아, 예 알겠습니다.' 하고 바로 가방을 들고 할아버지가 말씀하신 자리로 옮겼다. 처음 왔을 때 어디 두라는 말이 없어서 별로 신경 쓰지 않은 것이 사실이다. 나는 내 물건이기 때문에 소중히 생각했다. 그러나 보호자나 대상자는 나의 가방이 눈에 거슬릴 수 있겠다는 생각이 들었다. 나는 일하러 온 사람이다. 내가 아무리 열심히 일하고 최선을 다해도 그분들의 눈에 나는 일하는 사람이다. 일을 잘하면 일 잘하는 사람이 될 것이고, 청소를 잘하면 청소 잘하는 사람으로 남을 것이다. 그렇다고 일하는 사람을 신주 모시듯 모셔달라는 것이 아니다. 가방을 어디 두라는 말이 있었으면 당연히 그렇게 했을 것이다. 처음부터 쓰지 않는 방문 앞에 가방을 두지 못한 것이 나의 잘못이다. 들어오면서 손을 씻고, 급한 마음에 가방을 메고 와서 식탁 의자 위에 두고 앞치마를 갈아입고 바로 일을 시작했다. 처음부터 이곳에 두라고 하면 좋았을 텐데…. 팔십이 넘은 어른이 가방이 눈에 거슬리니 하신 말씀이겠지. 할아버지는 그럴 수도 있고 그것이 맞다. 수긍했지만, 가방 하나 제대로 두지 못하고 일하는 아줌마가 되어 섭섭함이 눈물처럼 뚝뚝 떨어졌다.

목동의 한 아파트에 첫 출근 했다. 가방을 어디 둘까요. 묻는 말에 며느리는 어머님 방에 두라고 말했다. 할머니 방 한구석에 두고 앞치마를 갈아입었다. 이삼일이 지나고 할머니는 나의 가방을 방 안에 두지 말고 밖의 베란다에 두라고 했다. 아마 며칠 동안 지켜보시다가 말씀하신 것 같았다. 할머니 방 베란다는 다른 곳으로 가는 동선이 없고 막힌 곳이라 다니기가 불편했다. 오히려 할머니 방 건너편 거실 베란다에 두면 될 것 같았다. 그곳은 휴지와 청소 도구가 들어있는 장이 있었다. 며느리의 허락으로 가방을 그곳에 두기로 했다. 빨래 건조대가 있어서 지나다니기가 불편했지만, 고개를 숙이고 몸을 돌리며 조심해서 다녔다. 베란다의 구석진 붙박이

장 앞의 좁은 공간에서 앞치마를 갈아입고 소지품을 두게 되었다. 소지품은 매일 가지고 다니는 가방과 출퇴근 때 입고 다니는 겉옷과 양치도구가 전부였다. 양치 컵과 치약은 청소 도구 담은 그릇 옆에 두고 사용했다. 아무도 관심 두지 않고 집안에서도 보이지 않는 곳이라 좁고 답답했지만, 나만의 공간이라는 생각에 마음이 편안했다. 매일 물걸레 청소기를 사용하고, 사용 후 충전을 위해서 그 자리를 들락거렸다. 그 공간에서 하루의 시작과 끝을 마무리하였다. 기쁘고 즐거운 일도 있었고 속상하고 어려운 일도 있었다. 좋으면 좋은 대로 힘들면 힘든 대로 지나왔다. 나만의 공간 위치가 중요한 것이 아니고 지금 여기 이 순간에 최선을 다하는 것이 중요하다.

전직 고관을 지낸 댁에 근무한 적이 있다. 그 댁 보호자는 가방을 거실 구석에 두라고 했다. 옷은 주방 뒤 발코니 세탁기 있는 곳에 두라고 했다. 옷과 가방을 함께 두지 못해 대상자와 산책하러 나갈 때는 장갑과 모자 마스크 챙기기가 불편했다. 장갑은 가방에 있고 마스크와 모자는 발코니 쪽으로 가야 했다. 굳이 가방을 거실 구석에 두라고 했는지 그 이유는 모르겠지만, 옷과 함께 두지 못하니 불편했다. 마트에 갈 때도 있고 대상자와 외출할 때 소지품 챙기기가 성가셨다. 이틀 정도 가방을 세탁기 앞에 두었더니 구태여 거실 구석에 두라 해서 시키는 대로 했다. 사용하는 사람이 편리하게 하도록 해주면 좋겠다 생각했지만, 그것이 무슨 대수일까 생각하며 내 생각을 접었다.

여의도에서 일할 때 내가 늘 감사하게 생각하는 댁이 있다. 첫 출근 하는 날. 따로 가방 둘 곳이 없었다. 그렇다고 어디 두라는 말씀도 없었다. 거실 입구 현관 앞에 두고 일을 시작했다. 한참 일을 하고 있는데 사모님이 가방을 왜 바닥에 두느냐고 하시며 내 가방을 소파 의자 위에 올려 주셨다. 소파는 사람이 앉는 자리라서 바닥에 두었다고 했다. 앞으로는 소파 위에 올려라. 하셨지만, 내 가방을 소파 위에 턱턱 올릴 수는 없었다. 소파 옆에 간이 의자가 있는 날은 의자 위에 올려놓기도 했다. 가방이 바닥에 있을 때마다, 오른손을 사용하지 못하는 사모님은 왼손으로 가방을 의자 위로 올려 주시는 것을 뒤에서 보았다. 일일이 감사하다고 말로 표현할 수 없었다. 콧날이 시큰했다. 세 시간 동안 사모님이 필요한 일은 무엇이든지 해드리려고 했다. 근무 규정도 중요했지만, 오른팔을 못 쓰는 주부가 해야 하는 집안일 무엇이라도 원하시는 것은 다 해드렸다. 주방일과 청소는 당연히 하는 일이다. 간혹 장을 봐와서 열무김치나 배추김치를 담기도 했다. 오른손을 사용하지 못하기 때문에 왼손으로는 오이 하나, 고추 한 개를 썰 수가 없었다. 부족한 솜씨지만, 내가 근무하는 동안은 무엇이든지 다 해드리고 싶어질 정도였다. 세 시간 동안 잠시도 쉬지 않고 집안일을 할 때는 힘든 줄 모르고 했다. 그분께 내가 대우받은 만큼 그분을 도와드리고 싶은 것은 인지상정이 아닐까.

주간 보호 센터 첫 출근하는 날은 신발장과 사물함을 배정해 준다. 자기 자리에 신발을 넣고 옷장에 자신의 소지품을 보관하면 된다. 재가센터 소속으로 첫 출근을 하는 날은 보호자의 재량에 따라야 한다. 나의 소지품 두는 곳에 따라 그 댁에서 나의 위치 또는 나를 생각하는 수준을 짐작할 수 있다. 일하러 온 사람이 위치나 레벨은 무슨 시답잖은 소리냐고 할 수도 있다. 선을 백 번쯤 보면 사람을 파악할 수 있다는 말을 들었다. 백 번은 어림도 없지만, 몇 군데 방문 재가를 다녀 보면서 말하지 않아도 느낄 수 있었다. 일부러 없는 자리 마련해달라는 소리가 아니다. 처음부터 여기라고 지정하든지, 지정하기가 어려우면 근무하는 세 시간 동안 요양보호사의 소지품을 그 자리에 두도록 하면 될 것이다.

자릿값을 한다. 나잇값을 한다는 말이 쉽지만은 않다. 돈값 한다는 말은 그만한 가치가 있다는 말일 것이다. 요양보호사가 방문했을 때 소지품 둘 곳 한군데 정해주는 것 별것 아니지만, 상대에 대한 작은 공간 잠시 내어주는 배려라는 생각이 든다.

내가 어릴 때 손님이 오면 손님 옷은 공손히 받아서 옷걸이에 걸어두라고 엄마는 가르쳤다. 그때는 옷걸이도 왜 그렇게 귀했는지 장롱에 있는 옷걸이를 찾아서 걸어 드리기도 했다. 물론 옷걸이에 옷을 걸어달라는 정도의 대우를 바라는 것이 아니다. 더구나 없는 공간을 마련해달라는 소리가 아니다. 근무하는 시간 동안 가방 하나는 놓아둘 자리는 있어야 할 것이다. 내 자리가 어디가 되든 내가 맡은 일에 최선을 다하고 싶다. 가방을 두는 자리만 자리가 아니다. 눈에 보이지 않은 역할과 위치도 자리다. 나의 역할을 제대로 감당할 때 나의 위치가 정해질 것이다. 나의 자리를 찾기 전에 내가 할 일을 제대로 하였는지 돌아보게 된다. 제대로 된 근무 자세는 내가 가져야 할 태도라는 생각을 하며 다음 근무지로 걸어간다.

　나는 꿈을 이루는 요양보호사입니다

6

급할 때는 119

"119 부릅시다"

"아니요. 잠깐만요. 한 번 더 해보고요."

안경을 벗어 세면기 위에 올리고 다시 시도했다. 혼자서 낑낑거
리며 빼내려고 애를 썼지만, 휠체어는 꿈쩍도 하지 않았다. 빠져나
올 기미가 보이지 않았다. 119 부르기 전에 혼자 해결하려고 안간
힘을 썼지만, 방법이 없었다. 보다 못한 보호자가 다시 묻는다.

"안 되겠다. 이 선생님. 119에 신고할게요. 할 수 없이 고개를 끄
덕였다. 할머니 몸이 휠체어 발판 사이에 끼어 이러지도 저러지도
못했다.

오후 2시경 핸드폰이 울렸다. A아파트 보호자다. 웬일일까. 반갑

기도 하고 궁금하기도 했다.

"이 선생님 지금 좀 와줄 수 있어요. 어머니 기저귀를 못 채우고 있어요. 일하시는 분이 며칠 나오지 않아서 저와 우리 아이가 하고 있는데 남편은 출장 중이고 오늘은 도저히 안 될 거 같아서 연락했어요."

일하던 것이 있다고 하니 노트북을 챙겨서 우리 집에서 하라고 한다. 순진하게 노트북만 챙겨서 A아파트로 향했다 주말 오후라 자전거 보관소에는 자전거가 넉넉하게 있었다. 지금 자전거를 타면 20분 안에 도착한다는 문자를 보냈다 직선거리 2km 남짓하다. 자전거를 타고 가면 10분 내외의 시간이 소요된다. 문 앞에 도착했다 초인종을 눌렀다 강아지 짖는 소리가 요란했다. 보호자가 반가운 얼굴로 문을 열어 주었다. 화장실 가서 손을 씻고 할머니 방으로 갔다. 대충 상황을 훑어보았다 기저귀는 한쪽이 붙어 있고 한쪽은 열려 있었다. 목욕탕 여기저기 기저귀들이 흩어져 있다. 소변에서 나오는 염증 때문에 냄새는 온 방에 진동했다. 할머니께 인사를 드리고 기저귀를 제대로 채워야 하니 좀 도와주세요. 하고 왼쪽으로 몸을 굴렸다. 기저귀를 바로 펴고 오른쪽 찍찍이를 붙였다. 기저귀는 바로 채워졌다. 침대 위에 누운 자리가 거꾸로 누워 있었다. 발이 있을 자리에 머리가 있고 머리가 있을 자리에 발이 있었다. 침대 패드가 엉망으로 구겨져 있었다. 누워있는 자리가 불편할 것 같았다. 할머니를 휠체어로 내렸다가 자리를 바로 정리하고 침대로 모시기로 했다 85kg 이상 되는 거구의 할머니를 움직이기는 쉽지 않은 일이다. 휠체어에 내렸다가 침대에 제대로 눕혀 드리겠다 말씀 드리고 먼저 자리에서 일어나게 했다. 양다리를 침대 아래로 내렸다. 깍지를 끼고 두 손으로 내 목을 잡도록 하고 나는 할머니 허리춤을 잡고 하나 둘 셋 구령을 붙이며 휠체어에 앉혔다. 시트를 정리하고 바로 누울 수 있도록 했다. 뭘 좀 드셨는지 물어보니 보호자는 고개를 가로저었다. 드시지 않겠다 해서 아침부터 아무것도 드리지 않았다고 했다. '성한 사람도 지금까지 아무것도 먹지 않으면 배가 고픈데 편찮으신 분을 그냥 두다니.' 뭐라도 드실 것 좀 달라고 했다. 끓여 놓은 미역국에 밥을 말아서 주었다. 반찬 두어 가지와 키위 하나를 깎아서 접시에 담아 주었다. 상을 들고 안방으로 왔다.

"어머님 먹어야 살지요. 먹기 싫다고 안 먹으면 기운이 없어서 못 살아요. 제가 미역국에 밥 말아 왔으니 한술 드세요."

"그래 맞아. 먹어야 살지." 하면서 잘 받아 드셨다. 식사를 마치고 손톱과 발톱을 깎아 드렸다. 줄로 손톱과 발톱이 부드럽게 되도록 밀었다 내가 근무할 때 사용한 발 마사지 크림을 찾았다 수건을 가지고 와서 침대 위에 깔고 발 마사지를 해 드렸다. 할머니는 눈을 붙이고 살짝 주무시는 것 같았다. 주무시는 동안 목욕탕에 여기저기 흩어진 기저귀를 한데 모아 정리하고 벗어 둔 옷을 세탁 바구니에 담았다. 할머니가 눈을 떴을 때는 온몸이 땀에 젖어 찝찝해 보였다. 몸에서는 냄새도 났다.

할머니가 화장실 간다고 해서 휠체어에 태웠다. 화장실 간 김에 목욕을 시켜드리기로 했다. 물 온도를 적당하게 맞추고, 괜찮은지 물었다. 적당하다고 했다. 세수하고 머리를 감겼다. 온몸에 비누칠하고 깨끗이 물로 헹궜다. 특히 피부가 겹치는 곳은 손으로 펴면서 비눗기가 남지 않도록 헹궜다. 지난여름 내가 근무할 때만 하더라도 혼자 샤워하고 등만 밀어 드렸다. 마치고 나면 수건으로 몸을 잘 닦고 보디로션을 구석구석 발라 드렸다. 본인이 입을 옷도 스스로 선택했다. 샤워를 마치면 얼굴에 크림과 로션을 바르고 거울을 보면서 머리 손질도 했다. 그러던 어르신이 지금은 목욕 의자에 앉아 있는 것조차도 힘들어했다. 샤워를 마쳤다. 내가 개운해지는 느낌이 들었다 수건으로 몸을 닦고 휠체어로 이동해야 한다. 보호자와 내가 양쪽 옆에서 부축했다. 다리에 힘이 없어서 휠체어에 앉지 못하고 바닥으로 스르르 미끄러져 버렸다. 할머니 몸이 휠체어 발판 사이에 끼어서 꼼짝할 수가 없다. 큰일 났다. 당황 되었다. 샤워 해드리면 저녁에 잠이라도 제대로 주무실 것 같아 시도했는데, 얼마나 죄송한지 쥐구멍이 있으면 숨고 싶었다. 전혀 예상치 못한 일이었다. 보행기에 의존해서 걸었는데…. 어쩌다 이렇게 되었을까. 119 아저씨가 도착할 동안 할머니와 나는 꼼짝없이 그 자리에 그대로 있어야했다. 보호자는 119를 기다리며 멀리 떨어져 보고만 서 있었다.

"어머님 힘드시죠. 좀 씻어 드린다고 했는데 이렇게 되어서 너무 죄송합니다."

"미안하긴 뭐가 미안해."

안절부절못하고 있을 때 119 아저씨들이 도착했다. 아저씨 세 분이 오셨다. 두 분이 이리저리 상황을 살피고 나한테 할머니 오른쪽 어깨를 잡아라. 했다. 한 분이 할머니 몸을 위로 올리고 한 분이 휠체어 발판을 아래로 내렸다. 겨우 몸을 빼낼 수 있었다. 휴~유~ 한숨이 나왔다 아! 살았다 한쪽을 빼내고 나니 반대쪽은 쉽게 빠져나왔다. 양쪽에서 장정 두 분이 잡고 휠체어에 앉혔다 기저귀를 채울 동안 기다려 주셨다 침대 반듯하게 눕혀 주고 갔다 내가 온 김에 샤워라도 해드리고 가야겠다. 생각하고 보호자와 함께 목욕하다가 일이 커지게 된 것이다. 119 대원들이 가고 휠체어 끼인 자리가 아프지 않으냐고 물었다. 좀 아프다고 했다. 파스를 찾아서 양쪽 옆구리에 여러 장을 붙여 드렸다. 혹시 내일 그 자리가 더 아프면 어쩌나 걱정이 되었다.

119에 연락하는 것은 큰 사고를 당했거나 정말 급할 때 연락해야 한다는 생각만 했다. 그러나 보호자는 우리가 힘들고 어려운 일이 있을 때마다 119를 부른 적이 있다고 했다. 이번 일을 계기로 119를 좀 더 친근하게 느끼는 계기가 된 것 같다.

첫째, 119는 우리 가까이에 있었다
둘째, 신속하게 달려와서 도와주었다.
셋째, 시민들이 하지 못하는 일을 만능으로 해치운다.

살아가면서 예기치 못한 일로 주변의 도움을 받아야 할 때가 있다. 혼자서는 어떻게 할 수 없을 때는 도움을 받아야 마땅하다. 특히 오늘과 같은 경우 119의 도움을 확실히 받았다. 출퇴근길 여의도 소방서 빨간 불자동차만 보고 다녔는데, 내 일처럼 달려와서 해결해 주는 모습이 존경스러웠다. TV에서 인명을 구조하고 불을 끄는 모습을 봐도 그런가 보다 생각하는 정도였다. 막상 휠체어에 끼인 할머니를 빼내 주시니 119최고라는 말이 절로 나온다. 역시 119 아저씨는 못 하는 일이 없을 것 같다. 만능 슈퍼맨이라 불러 드리고 싶었다. 전국에 119 아저씨들! 감사합니다. 힘내시고 늘 건강하시길 빕니다.

7

최고의 호칭으로

바꿔야 한다. 벗어나야 한다. 혼자 발버둥을 친다. 변해야 산다.
또 실수했다. 쉽지 않다. 어르신이라 하지 말고 젊었을 때 최고의
호칭을 찾아서 불러 드리자. 그분 생애 최고의 호칭으로 활기차게
살도록 불러드리자. 당당하고 자신 있게 살도록 도와드리자.

우리의 하루는 호칭을 부르면서 시작된다. 어머니 아버지, 선생
님, 과장님, 부장님, 대표님, 원장님, 보호자님, ㅇㅇ님 등의 호칭
을 부르게 된다. 호칭은 단순히 부르는 것이 아닌 상호 간의 인식
을 표현하는 것이기도 하다. 호칭은 듣는 사람과 말하는 사람의 관
계를 나타내기 때문이다. 그러므로 대상에 맞는 호칭을 쓰는 것이
중요하다. 지금 나이가 들었다고 나이 든 모습만으로 '어르신', '아

버님', '어머님'이라고 부르는 것은 생각해 볼 문제다. 그나마 교회에 나가시는 분이라면 흔히 집사님, 권사님, 장로님으로 부를 수 있다. 절에 다니는 여자분은 보살님, 남자분은 처사님이라고 불러 드릴 수 있다.

어르신이 젊었을 때, 아니면 한창 시절, 호칭으로 불러드리면 대상자에게 정신적인 도움이 되겠지. 생각했다. 왜냐하면 기분 좋은 말을 들으면 나도 기분이 좋지만, 상대방도 기분이 좋아질 수 있기 때문이다. 교편을 잡았으면 선생님이나 교수님으로 부를 수 있다. 관직에 있었던 분은 원장님 부장님 과장님 근무 당시 직책을 불러 드리면 좋을 것 같았다. 호칭을 듣는 순간만이라도 젊은 시절, 한창때를 회상할 수 있을 것이다. 좋은 생각을 하면 좋은 일이 생기듯이 어르신의 인지 발달과 기능 회복에도 좋은 영향을 미칠 것이다. 김 사장님의 역할과 어르신의 역할이 다르다. 이왕이면 왕성하게 활동한 젊은 시절 호칭을 불러 드리면 좋겠다.

오래 전 농촌진흥청 교육을 받은 적이 있었다. 그 교육을 받은 농가의 대표들은 전부 ○○ 대표님이라고 불렀다. 내가 내 농장의 대표가 되지 못하면 어떻게 농산물을 생산해서 책임지고 판매를 할 수 있겠느냐고 하셨다. 이후 다른 모임이나 교육에서 이름을 부를 때, ○○ 대표님이라고 부르자고 제안하기도 했다. 힘들게 농사 짓는 농민이지만, ○○ 대표님이라는 호칭으로 불릴 때는 소명 의식과 책임 의식 느끼는 것은 당연한 일이었다.

재가센터 주선으로 면접을 본 후, 근무하기 전 대상자의 호칭을 어떻게 부르면 좋을지 센터장에게 묻는다. 대부분 어르신이라고 하거나 어머님, 아버님으로 불러라고 한다. 처음에는 불러라는 호칭대로 착실하게 불러드렸다. 오랫동안 어르신이라 불렀다. 때에 따라서는 어르신보다는 어머님이나 아버님으로 불러주길 원하는 댁도 있었다. 그렇게 원하면 그렇게 불러드렸다.

용산 어느 아파트에 근무할 때 일이다. 70이 넘은 남자분이었다. 뇌졸중과 알츠하이머 진단을 받았고 지능은 어린아이 수준이었다. 젊어서는 모 대학 통계학과 교수였다고 했다. 나는 그분을 부를 때 교수님이라고 불렀다. '한 번 해병은 영원한 해병'이라는 말처럼 한 번 교수는 영원한 교수라는 생각과 내가 그분을 인격적으로 대하기 위한 예의라는 생각을 했다. 지금까지 누구도 교수라고 불러주지 않았던 것 같았다. 내가 교수님이라고 불러드렸더니 얼굴이 환해졌다. 어린아이처럼 잘 하지 않으려고 할 때도 교수님이라고 깍듯이 존칭을 쓰면 엉거주춤 행동이 시작되기도 했다. 물론 연세가 있으니, 어르신이라고 부를 수도 있다. 같은 말이라도 '아' 다르고

'어' 다르다. 상대방이 듣기 좋은 말, 들으면 기분 좋은 호칭을 불러 드리는 것이 좋다고 생각했다. 호칭을 부르면서 나는 당신을 이렇게 인정합니다. 그 이면에는 존경의 의미도 포함되어 있다.

전직 국회의원을 지낸 댁에 근무할 때다. 첫날은 국회의원이었다는 것을 몰랐기 때문에 어르신, 아버님으로 불렀다. 이튿날부터 의원님이라고 깍듯이 불렀다. 의원님이라고 할 때는 은근히 좋아하는 느낌을 받았다. 그런 말이나 호칭을 들으면 상대로부터 인정받는 기분이 들고 삶의 의욕도 생길 것이다. 호칭은 상대방의 인격을 존중하는 소통의 의사 표현이다. 상대방을 어떻게 부르느냐에 따라 상대방과 나의 관계가 표현되기 때문이다.

연전에, 여성인력개발원에 강의를 수강하기 위해 등록을 한 적이 있다. 생년월일을 보면 대충 나이를 짐작할 수 있을 텐데…. 막내딸 나이 정도의 아가씨가 나를 계속 경희 씨라고 불렀다. 어이가 없었다. 집에 가서 저희 엄마한테도 ~씨라고 부를까. 괜히 화가 났다. 담당 상사에게 한마디 했다. 저 직원은 집에 가서 저희 엄마한테도 ~씨라고 부릅니까. 대신 미안하다는 사과는 받았지만 이미 마음은 꼬인 뒤였다.

유엔이 정한 평생 연령 기준에는 미성년자 0~17세, 청년 18~65세,

중년 66~79세, 노년 80~99세이며, 100세 이상을 장수 노인이라는 기사를 본 적이 있다. 은퇴 후 나이는 들었으나 정서적으로 노년이라는 대우를 좋아하는 사람은 없을 것이다. 건망증을 비롯해 노화 현상이 생기기도 하지만, 그것만으로 노년의 대우는 받고 싶지는 않을 것이다.

"내가 자신을 대하는 방식으로 세상이 나를 대한다." –케빈 홀, 『겐샤이』

내가 자신을 대하는 방식뿐만 아니라, 내가 상대를 대하는 태도에 따라 나도 상대에게 그렇게 대우받는다.

호칭의 문제는 일방적인 문제가 아니다. 서로의 상호작용이다. 내가 그를 소홀히 대하는데 내가 대우받을 수는 없다. 내가 그를 귀하게 대우할 때 나도 귀한 대접을 받을 수 있을 것이다. 내가 모시는 분들에게 지금 당장 최고의 호칭을 불러 드리자. 나이가 많고 적고, 몸이 건강하고 불편하고, 많이 배우고 배우지 못한 문제가 아니다. 이 세상에 온 사람, 누구도 소중하지 않은 존재는 없다. 소중한 사람에게 최고의 호칭과 이름으로 그를 불러 주고 대해주는 것이 내가 할 일이다. 우리가 살아가는 세상, 서로가 존중하며, 배려하고 최고의 호칭으로 부르는 것을 통해서 가치 있고 의미 있는 나날이 되었으면 좋겠다.

마치는 글

    일요일 아침 9시. 노트북을 챙겨서 집을 나선다. 학교 가는 학생 같다. 출근할 때와는 사뭇 다르다. 자전거를 타고 여의샛강 도서관으로 가는 길이다. 도보로 30분 정도 걸리는 거리지만 서울 따릉이가 있어서 이동이 한결 수월하다. 반납이 완료되었다는 음성을 듣고 도서관으로 발길을 향했다. 도로 한 쪽 편에 키 낮은 관목들이 서 있다. 그 관목 사이에 작은 풀꽃 한 송이 피어 있다. 자그마한 이파리와 분홍빛 꽃이 애처롭게 보인다. 왜 하필 저기 떨어졌을까. 친구도 없이 혼자서 많이 외로웠을 것 같다. 힘들지만 견디고 버텨라. 나의 모습 같은 작은 꽃을 응원했다. 도서관으로 들어섰다. 내가 늘 앉던 자리가 비어 있었다. 연식이 되었지만, 공부하고 배울 수 있어 감사하다. 내가 앉은 자리에서 바깥 경치를 바라본다. 새파란 잔디와 찰랑거리는 얕은 호수의 모습은 변함이 없다. 잎이 푸른 단풍나무도 자리를 지키고 있다. 도서관에서 이 정도의 풍광을 만난 것은 행운이다. 단풍이 들면 더 고운 자리로 변신하겠지. 단풍은 곱고 가을은 익어가며 나에게 손짓하겠지. 그동안 수고했다고, 고생 많았다고.

지나온 시간이 고생스럽지 않고 힘들지 않았다면 누군가에게 내가 들려줄 말이 있을까. 힘들고 어려운 상황을 벗어나기 위해 나름 나만의 방법을 정리해 본다.

첫째, 입장 바꿔 생각하려고 했다. 요양보호사인 나의 입장만 생각했다. 고달프고 힘이 들었다. 여의도 한양아파트에 어르신을 모시게 되었다. 그 댁 보호자는 늘 본인 입장보다는 나의 입장을 챙겨 주었다. 처음에는 8시간 근무를 원해서 그렇게 했다. 근무하다 보니 하루 네 시간 근무로도 충분했다. 할아버지 점심을 차려 드리기 위해 요양보호사가 필요하다고 했다. 할 일 다했으면 책을 보라고 하고, 음식을 만들면 사진을 찍어 블로그에 포스팅하라고 기다려주었다. 감기가 걸려 병원을 다녀오는 날은 일찍 들어가서 쉬라고 배려를 해주었다. 내가 그 댁 일을, 정성을 다해 성심껏 하는 것은 당연한 이치였다. 내 집안일 보다 그 댁 일을 더 신경 써서 한 것 같다. 나는 보호자의 입장을 다 헤아리지 못한 일도 더러 있었을 것이다. 그렇지만 늘 나의 입장을 챙겨 주는 귀한 마음이 지금도 감사할 따름이었다.

둘째, 요양보호사로서 언제 어디서나 책임감 있게 일하고 싶었다. 어르신을 모시다 보면 잠시도 방심할 수가 없다. 정신 차리지 않으면 실수하게 된다. 내가 잘못했으면 인정하고 차후에는 같은 실수를 반복하지 않도록 노력할 수밖에 없다. 내가 아직 시스템에 적응이 되지 않아서 실수했다. 하더라도 인정합니다. 그러나 계속 잘못된 것만 지적하니 일할 맛이 나지 않습니다. 이미 지나간 일입니다. 앞으로 실수 없도록 하겠습니다. 처음에는 이런 말도 하지 못했다. 책을 읽고 글을 쓰면서 용기를 가지고 당당하게 말할 수 있었다. 근무 시간 동안 내가 최선을 다하고 부족하거나 실수한 부분에 대해서는 개선하고 똑같은 실수를 되풀이하지 않으면 된다고 생각했다.

셋째, 자신감을 가졌다. 6년 전 나는 가정폭력 피해 여성이라는 무거운 짐을 등에 지고 있었다. 여기까지 올 수 있었던 것은 자신감을 전하는 것이 나의 소명이라 생각했다. 책을 읽고 글을 쓰면서 헤쳐나올 수 있었다. 글 쓰는 좋은 사람들 모임 자이언트와 이은대 사부님 덕분이다. 지금 어려운 것은 더 나아지기 위한 징조다. 글을 못 쓴다는 것은 앞으로 더 잘 쓸 일만 남았다고 용기를 주신 덕분에 자신감을 가질 수 있었다.

넷째, 항상 감사했다. 서울 왔을 때 얼굴에 웃음기는 찾아볼 수 없었고 굳은 표정이었다. 하루하루 살기 힘들었고, 희망이라고는 보이지 않았다. 살고 싶었다. 나의 상황을 이겨 내고 싶었다.

자이언트 책 쓰기 수업을 들으면서 인생 수업을 들었다. 세상 모든 일이 감사였다. 재가센터 근무를 하면서, 귀한 댁 좋은 보호자를 만난 것도 감사였다. 아프지 않고 남을 도울 수 있는 것도 감사. 책을 읽고 글을 쓸 수 있는 시간이 주어진 것도 감사였다. 자이언트 글쓰기를 만난 것도 감사였다. 사부님은 내 생활이 편안하고 행복할 때는 세상 누구라도 감사할 수 있다. 진정한 감사는 내가 힘들고 어려울 때 감사할 수 있는 것이 진짜 감사라고 하셨다.

다섯째, 매일 일기를 썼다. 다이어리를 기록한 지는 19년이 되었다. 대학노트 한쪽 일기는 일 년 반 정도 되었다. 요양 보호한 내용만 적는 일기장은 따로 있었다. 주간 돌봄 센터나 재가센터에서 근무한 날에 요양보호 일기를 썼다. 기록이 있는 날은 나에게 의미 있는 날이지만 기록이 없는 날은 나에게 무의미한 날이다. 라는 말씀을 사부님께 수도 없이 들었다. 직장생활을 하다 보면 본의 아닌 오해를 받을 때도 있었다. 서울 사람들의 나긋나긋함에 비해 경상도 아줌마의 투박함은 평소처럼 말을 해도 화가 났느냐고 묻기 일쑤였다. 나는 좋은 의도로 말을 했지만, 상대방은 오해했다. 풀긴 풀어야겠는데 방법이 없었다. 손 편지를 썼다. 그녀의 서랍에 넣어 두었다. 편지를 본 그녀가 먼저 말을 했다. 서로 오해를 풀고 소통하는 기회가 된 적도 있었다.

살아가면서 누구를 만나느냐에 따라 내 인생은 바뀔 수 있다고 생각했다. 세상에 전부 좋고 전부 나쁜 사람은 없다. 장점이 있으면 단점도 있기 마련이다. 내가 어떤 가치관, 어떤 시선으로 보느냐에 따라 상대의 모습이 달라질 수 있다. 만남은 소중하다. 영등포 바우처 카드 덕분에 캘리그라피를 배우게 되었다. 영등포 풀 잎문화센터 신덕순 원장님과 이야기를 하다가 흔쾌히 삽화를 그려 주겠다고 하셨다. 원장님 도움을 받았다. 50플러스센터에서 행사 중에 알게 된 정갑순 선생님이 제목을 써 주셨다. 두 분께 마음 깊이 감사 드린다. 이 책을 만나는 사람들에게 전하고 싶다. 나이 60이지만 늦지 않았다. 당신도 할 수 있다고 전하고 싶다. 100세를 산다고 보면 이제 반 조금 더 온 것이라고. "지금까지 삶이 어찌 됐었던 나의 미래는 백지다." 힘주어 말씀하시던 사부님의 모습이 떠오른다.

주간 돌봄 센터와 재가센터를 거치면서 근무했다. 근무하면서 많은 사람을 만났다. 얼마 전 영등포 장기 요양 기관 종사자 역량 강화교육을 받았다. 힘들어하는 어르신들을 돕는 여러분은 귀한 일을 하는 사람들이라고 박주선 강사님은 말씀하셨다. 나는 귀한 일을 하는 사람이다. 혼자서 말을 해도 듣는 사람이 없다. 나는 꿈을 꾼다. 세상을 만나고 세상 사람들에게 요양보호사의 삶을 전하고 싶다.

내가 여기까지 올 수 있도록 도와준 남정7578 동기들과 지인들, 남동생 내외와 주변 모든 분들께 감사드린다. 특히 부족한 직원을 격려하고 다독여주신 구립당산데이케어센터 김태홍 원장님, 케어링 논현센터 김은정 시설장님과 여의도 가족사랑 김연옥센터장님께도 감사드린다. 자이언트 작가님들과 이은대 대표님 덕분에 이 책이 세상에 나올 수 있었음을 감사드린다. 끝까지 도와주신 미다스북스 관계자분들께도 감사드린다.

초보 작가의 옷으로 부족한 모습을 감추려고 합니다.
요양보호사의 작은 몸짓으로 봐주시면 감사하겠습니다.